FONGHONG
U0917320

FONGHONG

匿名区 +666

匿名用户 著

江苏凤凰文艺出版社
JIANGSU PHOENIX LITERATURE AND
ART PUBLISHING

图书在版编目(CIP)数据

匿名区+666 / 匿名用户著. —南京：江苏凤凰文艺出版社，2021.1

ISBN 978-7-5594-5538-3

Ⅰ. ①匿… Ⅱ. ①匿… Ⅲ. ①故事—作品集—中国—当代 Ⅳ. ①I247.81

中国版本图书馆CIP数据核字（2020）第258347号

匿名区+666

匿名用户 著

责任编辑 孙金荣
监　　制 刘三叔
特约编辑 陈　思　李陈杨华
责任校对 孔智敏
出版统筹 孙小野
出版发行 江苏凤凰文艺出版社
　　　　 南京市中央路165号，邮编：210009
网　　址 http://www.jswenyi.com
印　　刷 三河市金元印装有限公司
开　　本 880毫米×1230毫米 1/32
印　　张 8.75
字　　数 185千字
版　　次 2021年1月第1版
印　　次 2021年1月第1次印刷
书　　号 ISBN 978-7-5594-5538-3
定　　价 48.00元

目录
CONTENTS

ANONYMITY

—— **人们往往只相信他们愿意相信的事。**

—— **校服是我和她唯一穿过的情侣装，毕业照是我和她唯一的合影。**

—— **好像现在没有了特别喜欢的人，也没有了特别讨厌的人，更没有了特别要好的朋友。**

ANONYMITY

—— 如果我丢了你会找我吗？
—— 当然找啦，谁家一百来斤肉丢了不找！

—— 再来一次的话，我还是会选择爱上你，不过再有一次的话，就让我先走吧。

—— 妈，你为什么那么爱笑啊？
—— 因为妈生了你啊！

—— 人们往往只相信他们愿意相信的事。

—— 人们往往只相信他们愿意相信的事。

我看到了父亲手机里的那条短信

其实我很清楚，自己心里依然是憋着一口气的。每当我想懈怠，觉得要不然就糊弄糊弄算了吧，都会没来由地想起 12 岁所经历的那个燥热的中午。

我爸到现在都不知道，其实七年前我看过那条短信。

1

我当时正处在小升初的关键时期，吃嘛嘛香，身体倍儿棒。

美中不足的就是学习不太好。

我们当地有一所声名远播的外国语学校，以一骑绝尘的升学率和传说中接轨国际的英语教育，成为老师、学生、家长心中最令人心动的 dream school。

还没等成绩下来，我爸就兴冲冲地说：“钱我都给你准备好了，明天早上放了榜我们就去排队报名。”我爸真是看得开啊。

第二天确实起得早。天刚蒙蒙亮，我就被爸妈从被窝里拽起来。因为自知理亏，要花费家里一笔不小的钱，我也是敢怒不敢言。

到了校门口，才发现乌泱泱的全是人，大多是父母拉着孩子。

大家在告示栏面前探头探脑，颇有几分等着“揭皇榜”的意味。

2

学校是私立的，学费也分成三六九等。

有得了全额奖学金的学神，有减免一部分学费的学霸，还有就是我这种等着交高额“赞助费”的学渣。

等到日上三竿，终于有保安叔叔来贴榜单了。

我爸嘱咐我说，他先去报名处排队，我去找我自己的名字，抄学号，节省时间，一箭双雕。

我置身于拥挤的人潮，费力地仰着脖子在榜单上找自己的名字，上上下下，来来回回，左左右右，前前后后。

我找到了同一个考场的同班同学、隔壁考场的外班同学，就是没看到自己的名字。我接着找，上上下下，来来回回，左左右右，前前后后。

确认了好几遍之后，我不得不直面一个现实，这份名单上没有我。

嗯，也就是说，自费生我都没考上。

周围的人依然互相推搡拥挤着，我站在那呆呆傻傻，如坠冰窖。

也就是在那一刻，12 岁的我突然明白了名落孙山的真正含义。

3

我晕乎乎地去报名处找我爸，还差两三个人，他就快排到了。他见我来了，一下笑起来，问："你学号记了吗？"

我嗫嚅着："没有。"

他不解："你怎么不记呢？这马上就要到了啊。"

我的脸烧得滚烫，声音跟蚊子差不多："没……没有我。"

不知道是不是我的错觉，总觉得那一刻我爸的笑容凝固在了脸上。

他定了定心神，耐下性子对我说："怎么会没有呢？我们再去看一遍。"

他拉着我走出大厅，一路上遇到好几个熟人。

那些叔叔阿姨蛮热情："哎，你们来这么早啊？"

我爸硬着头皮寒暄，我在一旁尬笑。

4

到了大门口，我爸到榜单前又仔仔细细地看了一遍。

终于发现连同名同姓的也没有，他总算死了心。

其实我爸是知道我学习不好的，但他没想到这么不好。

回去的路上我臊眉耷眼地跟着他，周围全是学生和家长的交谈声，有欣喜若狂的，有踌躇满志的，有扬眉吐气的。人类的悲欢并不相通，我只觉得他们在吵闹。

5

后来在回家路上，我爸给我买了个甜筒，他让我别担心，安慰我说：“总是会有学上的。”

我确实没担心，我总觉得我爸爸是个很有门道、很厉害的人。

生意场上大家都蛮尊敬他，在家里也只有他能解出让我头疼的数学题。

我觉得这个世界上没有他搞不定的事情。

6

直到那天中午，没有暑假作业的我百无聊赖，央求了好久，我爸终于答应把手机借给我玩《神庙逃亡》。

点开，进入界面，注册新账号，填写验证码。

“叮——”

“不好意思，你女儿的事，我确实没办法帮忙。”

突然，一条短信浮现在我面前。

鬼使神差一般，我点了进去。

我爸发的最近的一条是：“× 局，真的拜托您想想办法，再过两天录取就要结束了，这孩子没学上啊。”

还有诸如此类的很多消息，说真的，我爸的语气蛮卑微的。

我的手指就这样悬在屏幕上，心里像被凿开一个洞，混杂着酸涩和茫然。

那好像是我第一次直面我爸的难处，直面一个成年人的无奈吧。

后来我只是深吸了一口气，把那条消息标成未读。

我假装意犹未尽地把手机还给我爸，跟他撒娇说："唉，今天《神庙逃亡》吃的金币好少哦。"

他没好气地揉了揉我毛茸茸的头，让我赶快去睡午觉。

7

我赖着不走，他突然试探性地问我："乖乖，你是不是特别喜欢外国语学校啊？"

我一边盯着风扇一边毫不在乎地说："没有啊，我不觉得那个学校有多好。"

他过了一会儿才说："你还小，不知道一个好学校对以后有多重要。"

我嬉皮笑脸又理直气壮地说："我本来就还小啊。"

不知道为什么，我爸听了这话突然有些如释重负。

他笑着摆了摆手："你快去睡觉。"

8

如今回想起来，那天中午窗外的蝉难得消停。

可是，12 岁的我翻来覆去没睡着。

可能是萌发了一种名为羞耻心的东西吧，确实挺无力的。

那时候才后知后觉，如果我上课的时候认真点儿，是不是就能考上了？

如果我考上了，我爸这么骄傲的一个人，也就没必要为了我去低声下气了吧。

嗯，是这样的。

9

后来我一路磕磕绊绊地长大，数学成绩还是很差。

幸好，读了最喜欢的编导系，再也不用学数学了。

我渐渐对生活有了掌控力，开始做一些自己擅长的事。

写稿子，找实习，拍片子，忙得不亦乐乎。

我好像莫名其妙地变成别人口中那种蛮厉害的别人家的孩子了。其实我很清楚，自己心里依然是憋着一口气的。每当我想懈怠，觉得要不然就糊弄糊弄算了吧，都会没来由地想起12岁所经历的那个燥热的中午。

想起我爸给我买的那个被阳光晒得流出汁液的甜筒。

想起那个辗转反侧又拧巴敏感的小女孩。

想起她握着肉嘟嘟的小拳头暗下决心。

10

我想起她对我说："嘿，笨蛋，你还是要成为老爸的骄傲啊。"

一定啊。

——人们往往只相信他们愿意相信的事。

我妈的二胡老师，曾经是个大小姐

胡老师让闺女告诉儿子咬牙活下去，不要担心妈妈，妈妈一定会活着的！只要人都活着，他们娘仨就一定能有团聚的那一天！

蓝天白云很快了

有特长是件非常重要的事！关键时刻，特长甚至能救命啊！

我妈，一个六十多岁的老太太，前年突然迸发出了对艺术的热爱。

起因是一天她看电视，看到电视里有人拉二胡，她听得挺高兴，对拉二胡产生了巨大的兴趣，还跑去老年大学报了个二胡班。

除了上课学习，一有空她还去广场上练习。

有一天我妈又在广场练习二胡，来了一个更老的老太太，她站旁边看我妈练了一会儿，说："你坐姿不对，手形也不对。"

我妈一听就知道人家懂行，马上起身恭恭敬敬地请教：“我刚学，啥都不会，请您指点。”

老太太就很有耐心地教了我妈一会儿，临走之前还语重心长地说：“越基础的东西，往往越被人忽视，但其实越重要，你先学会好好坐着吧。”

说完，事了拂衣去。

从那之后，我妈常常在固定的时间，去固定的地方，盼望着能再等来那个老太太。

过了几天，还真让她等来了。

老太太先挑出我妈的错误，然后表扬她有进步的地方，最后问我妈：为啥要学二胡？

我妈说她在电视上看人家拉《赛马》觉得特别高兴，就想啊，要是有一天，自己也能拉出这首曲子，一定也会很高兴。

老太太问我妈：“你听过《二泉映月》吗？听了还高兴吗？”

我妈告诉她听过，但是听得少，还是喜欢听欢快的曲子，让自己高兴高兴。

她们两人就这样慢慢聊了起来。

老太太已经快九十岁了，这里就称她为胡老师吧。

我妈问：“胡老师，您开二胡班吗？我报个名。”

胡老师说：“不开，我钱够用了，活一天赚一天就让自己高兴一天！不操那个心了。”停了停，她又跟我妈说：“我有时候来这里遛遛，见了你，就跟你说两句，你也不必等我，我未必天天来，见到了就是缘分，见不到就随缘。”

话是这么说，但我妈坚信事在人为，只要天气好，她总在那个时间去那个地方等胡老师。

从开满桃花的春天，荷香阵阵的夏天，一直等到菊花盛放的秋天。

每次她都要用一个大食品袋，带一些水果去。最开始，水果怎样带出去，就怎样带回来；后来，水果带出去，就不常带回来啦！

我问她，果然是能常常见到胡老师啦！

这个善良的老太太，她知道我妈总在等她，就常常去赴那个并没有约定的约！

从春天，到秋天。

胡老师一直不让我妈拉曲子，一直在不厌其烦反反复复地纠正指导我妈的坐姿、手形、持琴、持弓、按弦、拉空弦等，有时候还会讲讲乐理知识。

我妈老年大学二胡班的同学们都已经在拉《东方红》了，我妈还在练空弦。

二胡班的同学们在拉《八月桂花香》了，我妈还在练空弦。

同学们在拉《田园春色》了，我妈还在练空弦……

我妈就有点着急啊，问胡老师啥时候能指点她拉曲子啊。

胡老师说：“第一天不就告诉你了吗？基础才是最重要的，拉空弦是要练一辈子的，不要着急！”

那就继续练吧。

过了中秋节，慢慢地，天凉了，我妈跟胡老师要了电话，两个老太太挑天气暖和的日子才出去。

我妈出门已经不带水果啦，开始带家里烤的地瓜。

冬至那天，我妈包了白菜肉馅饺子带去给胡老师，因为她记得胡老师曾经说过爱吃白菜肉馅的饺子。

那天晚上我到我妈家后，发现她神情有点恍惚，两只眼睛还有点红。

“妈，你咋啦？”

“过几天胡老师就走了。”我妈说。

“她去哪里啊？”

“去她外孙子那。”

“那她不回来了吗？你咋还哭了呢？”

我妈不吭声，沉默了一会儿，叹了口气，跟我说：“人哪，还是得结婚生孩子，有了孩子，不管遇到什么沟沟坎坎，都能咬着牙活下去。”

“这话是怎么说起呢？”我问。

然后我妈就给我讲了胡老师的故事——

胡老师爷爷是做买卖的，到了她父亲和叔叔那一辈，买卖就做大了。

胡老师是按照大家闺秀的标准培养长大的。

新中国成立前，胡老师父亲去世了，她叔叔跟胡老师母亲商量，一起去香港。胡老师母亲故土难离，没有去。

那十年来了。

胡老师作为资本家女儿且有海外关系，首当其冲挨了整，整得还很惨。

她母亲久病在床，又担惊受怕缺医少药，撑了一年多就去世了。

那时候胡老师已经工作，成家，且有了一女两儿。被打倒后，胡老师的丈夫立刻与她离婚划清了界限，而且还主动揭发了胡老师的一些“罪行”。

紧随其后的，是胡老师的大儿子，他也主动与母亲划清界限，揭发了胡老师的“罪行”。

胡老师是个明白人，虽然伤心，但想想大儿子为了自保，也只能这样了。甚至她还让她的女儿和小儿子也跟她划清界限，揭发揭发她。但是女儿和小儿子只是跟她划清了界限，并没有给她编造罪行。

挨整的日子每一天都备受折磨，苦不堪言。

她生不如死，几次想寻死，可是连死的机会都没有。

他们把她关在屋子里，轮班换人审她，不给她“畏罪自杀”的机会。

那个年代写大字报是一种潮流。胡老师可是大户人家出身，琴棋书画都学过，一手毛笔字很是体面，且还擅画。

于是她就被挑出来专门替造反派写大字报了！

造反派们让她怎么写，她就怎么写，草书楷书都行，还会画宣传画，图文并茂，形象生动，夺人眼球！

造反派看她有用，就不怎么斗她、打她了，她可以正常吃饭，正常睡觉了。

能像个人一样过日子之后，胡老师就不想死了，她开始无比思念女儿和小儿子。

就这么着，日子又熬了下去……

后来，全国开始盛行“样板戏”，每个地方，甚至每个大工厂，都有自己组织的唱“样板戏”的团队。

大家别忘了，胡老师会拉二胡啊！她成为了“样板戏”团的伴奏。那个年代的“样板戏”团，还会去外面演出。

胡老师终于找到一次机会看女儿了——戏团在她女儿下乡的知青点附近有演出，她哀求团长给她一点时间去看看女儿。

团长也是个善良的人，答应了。

女儿见到突然出现的胡老师，号啕大哭。这孩子本来也是当作宝贝一样养大的，突然遇到剧变，爸爸带着哥哥斗妈妈，妈妈处于生死危机之中，她自己下乡当知青，干农活，勉强吃饱。因为家庭成分不好，被歧视，被孤立，一直压抑痛苦地活着，甚至已经萌生了活着太苦，不如去死的念头，只等着找个机会一了百了！

胡老师的到来，挽救了她。

胡老师现身说法，给孩子讲困难总会过去的，咬紧牙关坚持下去，总有熬出头的那一天。如果死了，就什么都没有了。“妈妈要是没有了你，还怎么熬下去呢？是妈妈拖累了你！你走了，妈妈也活不下去了！”

就这样，娘儿俩抱着哭哭说说劝劝，女儿才有了活下去的勇气。

临别前，胡老师让女儿给小儿子写信，小儿子下乡的地方太远，戏团去不了。

胡老师让闺女告诉儿子咬牙活下去，不要担心妈妈，妈妈一定会活着的！只要人都活着，他们娘仨就一定能有团聚的那一天！

苦尽总会甘来！终于让他们等到了历史的转机——1976 年到了。一切都慢慢回到正轨，知青回城了，胡老师平反了，恢复工作了，两个孩子也有了工作。

孩子结婚，生子，胡老师帮忙养育第三代。

胡老师退休了，退休金还不低。

第三代长大成人又结婚了。胡老师的女儿是看到自己的孙子孙女才去世的。

胡老师的小儿子还健在，在我们北方这边，她的外孙子在昆明，冬天她就在外孙子那里住——我们这边冬天雾霾比较严重，胡老师会咳嗽——春天会回到小儿子这边来。

去年的春天胡老师又回来了，差不多也是桃花盛开的时候。别看老太太岁数大，人家脑子好，身体也好。

我妈盼星星盼月亮一样把她盼来了，一见到她，就赶紧展示自己的练习成果。

拉完一首从老年大学二胡班学的曲子之后，胡老师说："你着什么急呢？日子那么长，得打好基础才行啊。去年犯的错误，今年还在犯啊。"

有些日子不见了，老太太还记着我妈曾经拉错的地方呢。

胡老师跟我妈说，她还会弹钢琴。不过我妈没见过，我妈只见过她拉二胡，而且都是拉一些短小的、欢快的曲子或片段。

她跟我妈说，这一辈子受的苦已经够多了，命运安排那是身不由己，但自己拉什么曲子，还是能做主的，就拉一些轻松欢快的，让自己高兴高兴吧。

去年冬天胡老师又去外孙子那里了，今年到现在她还没回来呢，既是因为疫情，也是因为外孙子不想让她再来回跑，正在动员她小儿子也去昆明长住呢。（小儿子退休了，在帮着带孩子。）

跟胡老师学二胡这几年，我妈常常跟我说她特别佩服老太太。

一个家里有用人有司机有厨师的大小姐，能去扫厕所淘大粪，这种天地一样的落差，还有丈夫和大儿子一再的落井下石，都没把她逼疯逼死，硬是让她咬着牙熬过来了！

到如今，老太太高退休金拿着，身体没啥大毛病，脑子也清楚，这不就是所谓的"后福"吗？

当年整她打她的人，没准早就墓木已拱了。

鲐背之年的老人，眼前还有儿子，还有一群她带大的孙辈，还有重孙辈，不用劳作，不愁吃穿，儿孙绕膝，乐享天伦，人生至此，夫复何求！

如果胡老师不够坚强，如果没有两个不离不弃的孩子，如果没有故人之子的关照，如果胡老师不会写不会画也不会拉二胡，五十多年前，她就已经不在人间了。

所以她说得对，这五十年的每一天都是赚来的，每一天都要高高兴兴过。

“世事一场大梦，人生几度秋凉？夜来风叶已鸣廊，看取眉头鬓上。”

爱和恨都埋在过往，眼下最要紧的是每天让自己高兴。

去日确实苦多，而来日已经不长，老太太这一生自立自强，熬过了酷暑，走过了寒冬，终于在晚年天天都是春暖花开！

她能枯木逢春，得益于书画二胡！

是它们，在无边的黑暗中劈出一丝裂缝，让她看到了萤火般的点点希望，从而咬紧牙关活下去！

我想，它们于她已不仅是特长，而且是一生的陪伴，是性命的相托。

老太太说过，闺女的命是二胡救下的。

其实她自己，又何尝不是书画二胡救下的呢！

有几个朋友问我：“你妈妈现在拉二胡的水平咋样了？”

答案是：不咋样。

她是 2018 年 9 月上的老年大学，到今年（2020 年）9 月满两年。

但是实际上，她也就学了一年多点，因为老年大学去年放了寒假，到现在一直没开学呢。

疫情期间，我劝我妈少出去，她就在家里待着，偶尔练习二胡。为啥偶尔才练习呢？因为怕吵到邻居。

胡老师去年冬天就去昆明啦。所以从今年春节开始，我妈就是处在既没有老师教，也没有机会练习这么一个状态。

你说她的水平能咋样吧。

春节以来，她每天就靠着看视频学二胡和乐理知识。

我儿子给她下载了一些 App，她每天还要在上面指点他人，一会儿说这个拉得不好，一会儿又说那个拉得不错。

我怕她太飘，就劝她：“妈，您确定您现在已经达到可以点评别人的水平了吗？”

我老娘勃然大怒，她说她虽然手跟不上趟，但是这几年没有一天不听二胡，耳朵可没少磨！听的名家多了，还能区别不出来好坏？

只有像我这样无知无识的人，才会不知道：审美是审美，水平是水平！

“好的好的，打扰啦，您继续点评吧！”

最近疫情转好，我妈每天上午和下午都出去练习。

前段时间，她在离家不远的一个广场上发现了一个绝世好地方，一块绝妙大石头。

首先，那里比较僻静，不会打扰到别人；其次，那里有一块供人坐着休息的景观石，而且这石头不高不低坐着正好；最后，景观石旁边还有几棵树，正好可以遮阳。

太好了，那里简直就是二胡演奏厅啊！

只是那景观石上大下小，看上去好像有点不稳，我妈就跟楼下正在装修那家要了三块砖，拿着去把石头支好了。

真好，完美！

这样我妈就不用每天背着二胡，再提着我给她买的折叠椅出去啦，楼高，少拿一样也轻松点。

大概一个月之后，有一天早上，我妈去到那里，发现有个老头正坐在大石头上，看着远处跳广场舞的人们。

我妈搁旁边等了一会儿，等到跳广场舞的人都走了，那老头还不走，我妈只好换地方了。

转天我妈去早了一点，又坐在了喜爱的大石头上，美滋滋！

广场舞的音乐开始放起来了，因为在远处，倒也不影响我妈。

不一会儿，昨天那个老头来了，一见我妈立马说："起来。"

我妈问："为啥？"

他说这地儿是他占的，"昨天我就在这了，你不也瞅着了吗？"

我妈说她一直在这里拉二胡的，还给老头解释，她拉二胡怕吵到别人，所以才挑了这个僻静人少的地方。

老头说：“你瞅着这三块砖没有，这是我捡的！你躲开！这地儿我用砖占了！”

我妈还试图跟他讲道理：“这三块砖是我跟我家楼底下要的，我搁这拉琴一个月了，昨天第一次见你，公共场所，谁来得早谁坐，怎么就成你占的地儿了！真有意思！”

说完我妈就没搭理他，自顾自拉二胡了。老头也不走，在旁边仍不善罢甘休，他拿出手机来，开始放音乐。

好家伙，老人机的声音就是给劲。我妈实在让他吵得不行，但是也不走。我家老太太也是有点倔，最后老头嘟嘟囔囔走了。

结果呢，当天下午，我妈再去那块大石头那里，发现三块砖没有了。

我妈又找楼底下要了三块砖，不过这次她学聪明了，她先把这三块砖用塑料袋装起来，然后扎紧口，再放到一个帆布袋子里。

每天早上和傍晚提过去，练完琴再带回来，也不嫌累！

我第一次看见她小心翼翼从帆布包里掏出塑料袋，再解开塑料袋拿出三块砖时，真是忍不住想笑，不知道的还以为是金砖呢！

就这么着，又过了一段时间，有一天早上我妈去大石头那，习惯性地先放砖垫石头的时候，发现石头一侧的土被刨过了，松松的，而且还正好就是我妈坐的位置，还完美避开了三块砖压出来的印子。这要是我妈一个不留神，坐下去，石头一歪，极有可能摔倒。又过了一周，我妈发现大石头上面竟抹满了排泄物！显然，我妈和那老头的争斗升级了！

我妈气得一路念着“莫生气莫生气，你生气中他计”回家了。

回家就给我打电话，把我叫过去，又让我打电话报警，又让我找居委会，找物业。老太太愤愤不平，开始发微信语音给我小姨、我舅舅，不停地向他们诉说。

我寻思，这回宣泄完了能舒服了吧？不，她还得找她亲爱的胡老师诉说诉说呢！

我又听她在语音通话里，给胡老师讲那个老头多么多么蛮横不讲理，占地为王，阴险使坏，简直是耍无赖！

胡老师一言不发听着，听着听着就哈哈大笑起来！

我妈有点被她笑蒙圈。

笑了一会儿，她开始安慰我妈，她说：“你还记得我扫过厕所吧？”

我妈赶紧说记得记得。

“我扫厕所没多久，就发现总有人在厕所之外排泄，还把排泄物抹厕所墙上。后来我特意早早去守着，发现是过去伺候我的女佣干的。她见了我，一点没有被抓住做坏事的不好意思，反倒痛骂我是资本家……

“我自问从未做过一件对不起她的事，她父母生病，她结婚，生孩子，甚至孩子上学，我都给过钱帮过忙，何况还有八年相伴的情分！

“又怎么样呢？到最后她还是宁愿舍近求远，从她家走大老远，来我打扫的厕所捣乱。

“有情有义的不过是这样，你说的那个人，你都不知道他是谁，他给你捣乱你有啥想不开?

“那块石头，他也坐不了了，再说石头也不用你洗，你气啥? ”

我以前看过一个故事，是说一个小孩丢了鞋，还是鞋破了，我也记不清了，总之他很痛苦，他就哭啊哭啊一直哭，直到他看见一个没有脚的小孩。

我妈就好比是那个丢了鞋的，胡老师是没有脚的。

我妈有点不好意思了，在一个走过了九十年人生路的老太太跟前，说自己脚下有块小石头，确实有点害臊。

我妈赶紧转换话题，又问胡老师啥时候回来。

胡老师脑子好使着呢!

她停在这个话题不走，继续说:“你今天早上没练琴吧? 你找那块石头坐着，不就是为了练琴吗? 可是现在你为了那块石头没练琴，还气得不行，这不是本末倒置吗? ”

缓了口气，胡老师又说:“从你第一天跟他斗气争石头，你就落了下风! 你有跟他斗气的工夫，拉拉空弦多好啊! 你有二胡，他有屎，你跟他可不一样，跟这种人斗气就是自己瞧不起自己，也瞧不起二胡! ”

说完，胡老师就主动跟我妈聊起了拉二胡的事。

此后我妈对这事就绝口不提了。

胡老师对我妈来说亦师亦友。听人家说一对一的二胡课，学费上百，开始的时候，我妈总想给胡老师交学费，要不然也实在不好意思问东问西。

胡老师不要。我妈就开始蒸花卷，包包子，烙大饼，做凉皮，泡泡菜，做醪糟……

这些就是她的学费。

我们一家不去找她蹭饭的时候，她一个人吃饭总是很对付，有时候下把挂面打个鸡蛋就凑合完了，可是每次要去找胡老师上课的前一天，她都会认认真真准备“学费”。

有一次我看她做豆腐卷子，做着做着泪流满面，我问她咋了，她说她想我姥姥了，我姥姥最爱吃豆腐卷子了。

那个时候，我突然觉得，也许胡老师对我妈来说，除了老师和挚友，还有一些母亲的影子。

原来不管是多大岁数的老太太，其实也会想妈妈。

而我姥姥已经去世了。

—— 人们往往只相信他们愿意相信的事。

年轻人得癌症是种怎样的体验？

那些漫长又煎熬的日子里，那些曾经以为自己终其一生无法战胜的事物，到头来不过是虚晃一枪，人必然会走进胆怯，也终究会全须全尾地走出来，自己永远是最重要的。

其实从来没想过有天我也能来回答这个问题。

我 20 岁，1999 年生，今年大二。

看到病理会诊结果的时候，我仿佛还在做梦。

北京八月的阳光很刺眼，我却如坠冰窖。

其实不必的，父母瞒着我，亲戚朋友瞒着我，来家里看我，轻松地告诉我只是小病而已。我没办法装作什么都不知道，我笑不出来，也不知道怎么面对。一大群亲戚在我家客厅商量着，我再也无法坐在其中强颜欢笑，于是躲进厕所坐在马桶上，坐了很久，然后几乎是平静地接受了我得了癌症的事实。

“我要是有天生了大病，要花好多钱我就不治了，留下来钱给父母养老，早死早超生呗。”

上个月被期末考折磨得筋疲力尽的我还跟闺密在琴房搬弄我的世界观，这个月可就应验了。

但其实不是的，说轻松的鬼话很容易，但是如若有天死亡真的降临，且还是如凌迟处死般的惨烈，旁观者的轻松就会烟消云散，只剩下对世界的不舍和珍惜。

我还不想死，但是 T 淋巴母细胞性淋巴瘤，与白血病的区别似乎在于白细胞的多少，但治疗方法差不多，且只有两年平均生存期。

说来奇怪，之前健康的时候，我有很多“我还不想……我不想我写的稿子没过审，我不想学生会竞选被刷下来，我想大四开音乐会，想一切 20 岁女生想要的东西……”或者是“我很想……”的想法。我还不想睡觉，我还不想吃饭，我不想这么胖，于是我熬夜，节食，拼命地生活，想为自己搏一个美好的未来。

可就是没想到有一天，我会说起，我还不想死，我很想活下来。也没想到会这么早就明白，虽然做人是苦多乐少，但是求生欲是渗进骨髓里的东西，而我们常常会忽视，也常常被迫去正视它。以前总说的“累死了”“烦死了”从一个修辞变成了事实，让人无辞可修，在死亡面前，一切都变得微不足道。

想来妈妈其实比我脆弱，脾气不好还爱哭，天天找不到东西，总是丢三落四，还容易迷路，她就我一个女儿，我走了，以后谁来照顾她？

唉，着实是个让人费心的女人。

我不能死，我还没有男朋友，没考过研究生，没自己办过音乐会，没做到我一切希望实现的东西，没让爸妈过上好日子，我得好好活着。

我一定要活着。

我要活着。在 20 岁的这个夏天，这四个字跟外边恼人的蝉鸣一样充斥了我的整个脑袋。

在北京确诊时我的主治大夫说：

“能治好的，就是要受些苦。”

真的希望能治好啊，受苦又怎么了，我愿意为我爱的人活在这个世界上，即使抽筋扒皮，我也要坚持下来。

“当你受困时向神求助，说明你相信神。若是神没有为你解困，说明神相信你。”

我相信自己，我还不想投降。

毕竟老子剃了光头以后也很帅。所以我不能死。

八月确诊后就上了化疗，做好了要吃苦的准备啦！

截取一个朋友圈：“别担心，我去打小怪兽啦，我们回来再见吧。”

头发已经剃过了，总觉得自己像一颗巨大的猕猴桃，哈哈哈，不太帅。

化疗药长得像草莓汁儿一样，可可爱爱，根本想不到就是它让我掉光了头发！果然“药”不可貌相！

一疗完之后梳头，头发满地都是，心疼我这几年用的精油洗头膏……

二疗后一输血就活蹦乱跳，我被命名为科室的吸血小妖怪！

大家一定一定不要忙着身边的事而忽略了自己身体的感受呀！定期体检真的特别重要！我发病在五月，因为要期末考试和下乡支教整整拖了三个月才确诊！

在医院待了这么久，从夏天到秋天，前 20 年的人生仿佛都被分割出去了。我着急着升学，考试，复读，上了大学着急着练琴，参加各种活动，似乎从没有时间认真感受过自己的生命，它的存在仿佛是一种理所当然。我从没有觉得能走在路上就很幸福，没有觉得感受到阳光照下来的暖意就很珍贵。

脑子里永远都是冲冲冲，想看更高更虚无的事情。随便对付一口的饭，熬到凌晨两三点不睡的觉，生的闷气，给自己的压力，焦虑的情绪，最终就是积攒已久的“病山”的轰然崩塌，病来如山倒。

人生该走的弯路、该吃的苦，一点都跑不了，在我身上全然地应验了。

为了活着的念头，我奋不顾身来到此处，洗刷着从前的自己，变成全新的人。

在住院之前，我根本不知道在我浑浑噩噩荒废时间痛苦焦虑崩溃的时候，有这么多人在医院努力地想活下去。我见过病灶侵入中枢神经的两个孩子的妈妈，见过刚刚怀孕就被确诊的年轻姐姐，见过自己来医院打化疗的女强人，也终于明白“好好活着”并不是唾手可得，不是只有四个字的轻描淡写。决意要活下去有时候也需要莫大的勇气，年轻妈妈每天靠打吗啡过活，年轻姐姐打算把孩子生下来，女强人总是云淡风轻地安慰其他人，自己疼得整宿整宿睡不着觉。

但即使这样艰辛，即使被迫正视死亡，生命也不甘示弱，它有自己的尊严。年轻妈妈的老公每天会在床边哄妻子；两个虎头虎脑的小家伙每天会来医院看望妈妈；小姐姐做了 B 超孩子健康；女强人即使独自来医院化疗，每天也要戴上假发，涂上口红。苦难会让人更加珍惜生命。

所以健康的大家，一定一定，要好好感受这个世界呀！即使它有时候不太可爱，也总会有一些微小的幸福，告诉你，提醒你，安慰着你，你还要好好活着，只要活着，就一定会有希望。

秋天多美好啊，清晨总会有薄雾，急急忙忙赶去上早课会撞上湿漉漉的空气，穿着柔软的卫衣，微凉的风吹过指尖脸颊，心里还担心上课的提问。中午的阳光也友好，路上都是落叶，下雨的时候还要把蜗牛捡到路边。傍晚的云霞是烟紫色的，操场永远热热闹闹，二十出头的男孩子打完球成群结队地走在路上，眼睛里亮晶晶的都是光。湖边也是乘凉的人，放学的小学生，刚会走路的小宝宝，所有人的表情都是温柔的。去琴房楼的路也没那么远了，练长音也变成很有意思的事儿，期盼着一会儿室友跟你一起去西门的夜宵店，期盼着独自吹完大曲子的成就感，期盼每周三的声部聚餐。担心的长胖、担心的专业课、担心的视唱在秋天的晚风中似乎都不重要了。博雅路昏黄的路灯照着，散步的女生三三两两地笑，骑着车在路上兜风，大声地讲着笑话，唱抖音里烂大街又洗脑的歌。好像怎么看都看不够呀，年轻真是太美好啦。

后续：

这几天贫血严重，医院又闹血荒，申请了三天才给我输上了一袋。

指甲盖都给我贫没色儿了，每天早上抽血的时候我都跟护士大眼瞪小眼地干看着我已经抽不出来卡在抽血管里的血。（才不告诉你最后血是护士从我手臂里挤出来的。）

关键是血小板它也不争气，血常规低得吓人，抽完以后那小针眼滋滋地往外冒血，还堵不住。真是每天都是神奇的新体验哦。

生病前我总活得昏昏沉沉的，好像蜷缩在壳里，对外界的事物都没有太大的感觉，迟钝麻木地活着。目光也总是盯在前方，每天被迷茫和焦虑充斥，总害怕自己没有用，害怕达不到想要的目标。

所以希望大家，不管是工作不顺利，还是马上要考试考研面临选择，都要明白，焦虑、迷茫，都是人生的常态，没有一劳永逸的平静，只有跌倒过后的自愈。所以，不要放弃生活，与退缩和放弃相对的，是坚韧，是野火烧不尽，是春风吹又生。

那些漫长又煎熬的日子里，那些曾经以为自己终其一生无法战胜的事物，到头来不过是虚晃一枪，人必然会走进胆怯，也终究会全须全尾地走出来，自己永远是最重要的。

如果累了的话不如就去休息，去感受一下世界，去吃一顿好吃的，去哄哄自己，毕竟人生的每个节点连起来并不总能成一条直线，而是一个个阶段，要好好地和自己相处，感受自己呀。

有点儿前言不搭后语了，我想到了就说吧，毕竟化疗完总感觉自己脑子不太好，感觉都变笨了，每天都一样艰难，唉。

还有就是，两年，是，平均，生存，周期，不是，我，只能，活，两年！

很多人误会了，是我的问题。我做人有苟且，做事有缺失，思想有谬错，表达有错误，我得的真的不是，不是，不是不治之症啊啊啊！

淋巴瘤真的真的没有大家想的那么可怕的！先来解释一下两年平均生存期。因为各地医疗水平高低不同，且此病极其狡猾，早期几乎没有任何症状，中期症状也极其轻微，到了中晚期发现了就会难治很多，很多很多病友都是平时身体一些小状况不重视，最后拖到不行了才来医院，确诊难加上医疗水平差异导致平均生存期特别短。大家平时也要注意啊！

但是淋巴瘤，是真的可以治好的呀，并且是可以治愈的（为数不多可以完全治愈的癌症）！我是三期 A 型，还算早期，我是一直坚信自己可以治好的！

第二个是关于捐献的问题。你的一袋血浆，真的能把人从死亡线上拉回来的！希望大家多多支持无偿献血（鞠躬），我替受捐献的大家谢谢你们啦！

还有一个捐献干细胞的问题，现在移植已经不需要用骨髓移植，只需要从外周血里提取干细胞移植。前两天我隔壁床一个23岁的男生，就是一直配不到合适的干细胞，和他最匹配的妈妈也只有五个点相同（半相合），移植风险很大，他已经在骨髓库又等了两个月，依旧没有合适的骨髓。所以如果大家有捐献干细胞的想法，不如去实现一下，因为真的有很多人因为没有合适的骨髓，卡在了最后一步移植，每天痛苦又希望着。

第三个就是和我一样生病的小伙伴们，大家要坚持下去啊！在我治疗的短短几个月里，见到最多的就是乐观的叔叔阿姨们，通常都是他们安慰我，或者在一起开玩笑，但昨天早上隔壁病房有个小女孩因为治疗太痛苦就崩溃了，拒绝治疗，拔掉输液器，护士一靠近就尖叫，真的吓得我刚剥好的咸鸭蛋都掉了。大家一定要坚持下去！只有一直坚持下去才会有希望！为了自己，为了你爱的人！冲呀！

2019.11.28

总之先给大家报个平安（抱拳）。

我现在是结疗状态，在家排队等移植舱，有点儿小紧张，因为我将会在舱里孤独地待20多天，并且，没！有！手！机！孤独！是郭老师的相声都听不成的孤独！

说一下我发病的过程，其实就是在没有感冒发烧以及任何炎症的情况下淋巴结无痛性肿大。淋巴是免疫器官，如果突然肿大而且是无痛性的，就一定要去正规的大医院做穿刺活检啊！不能拖，不能拖，不能拖！

我当时的情况记录如下：

5 月 21 日早发现右下颌处出现明显肿块，6 月 3 日往当地医院检查，鼻咽镜显示正常，血常规正常，B 超显示右侧颈部淋巴结肿大（约 28mm × 14mm），左侧颈部淋巴结可见（约 15mm × 5mm）。

7 月 22 日检查鼻咽镜正常，B 超显示右侧颈部淋巴结异常肿大（约 31mm × 16mm），左侧颈部淋巴结肿大（约 17mm × 8.6mm），血常规正常，两月之间无其他明显症状。

7 月 24 日 B 超显示双侧颌下腺区多发实性结节，以右侧为主，右侧淋巴结肿大。

7 月 26 日血常规正常。

7 月 30 日于中科院活检未确认病情，疑似淋巴瘤，血常规正常。

8 月 6 日于北大人民医院活检取出肿大淋巴结，病理结果显示为 T 淋巴母细胞性淋巴瘤 / 白血病。

8 月 13 日于北大肿瘤医院再次病理会诊，确诊为 T 淋巴母细胞性淋巴瘤 / 白血病。

8 月 19 日置入 PICC（外周导管），被北大肿瘤医院收治入院。

确诊就很难，特别难，所以如果查不出病因一定要去大医院啊！

当然我是幸运的，我的淋巴病灶在下颌，所以发现得早，很多病友原发病灶在纵隔啊，腹股沟啊，早期就很难察觉到。大家一定要少熬夜，少吃外卖，刚装修好的地方不要去！免疫力没问题，得癌症的概率也会变小的哦！

2019.12.22

讲一下最近的状态。

化疗已经结疗了，现在在维持治疗等待移植。因为移植用的无菌舱位置特别紧张，之前快排到了，但是我主治医生那里有一个情况比较紧急的复发白血病病人要入舱，跟我们沟通之后我们决定先让他进。所以我结疗维持的时间比较长，算起来也有一个多月了。

昨天和医院联系，估算下来一周后就要进舱了。

2020.1.24

先说好消息，我已经移植成功了，昨天下午刚刚出舱。虽然后续还有很多很多药要吃，很多并发症需要注意，但是我总归得熬过去不是吗？本来想着过两天再来跟大家讲，但是正好要过年啦，就当作是好消息分享给大家啦！

其实想说的挺多的，舱里各种并发症的痛苦，血小板只有 1，医生不让下床，每天疼得死去活来胡思乱想，哭都没有力气，但我最想说的是，至此我吃了很多苦，但是人间依旧值得。

我不再需要“形色简单，心术复杂”。

“世界老这样总这样，观音在远远的山上，罂粟在罂粟田里。”

我应当毫无挂碍而感到轻盈的快活，那才是正经事。

人生海海，要继续在风浪里好好地活。

我现在能轻松地说出这些话来，是因为我觉得，已经没什么能打败我了，人间真的有太多太多美好的东西了，我还想去好好珍惜它们。

苟且人生 20 年，这是第 21 个年头。

是我的新生。

昨日之深渊，今日之浅谈。

我不希望再去浪费了。

要好好地去爱这个世界。

不要再被旧疴影响，不再提起这些片段，继续往前走了。

真的很感谢大家这几个月的陪伴，大家都太善良了，你们每个人都像太阳一样，真的给了我很多很多力量，再次感谢大家。

希望我和大家一样，都有着充满幸福和闪亮的未来。

除夕快乐！希望大家天天开心哦！

2020.2.17

这段时间发生了太多让人难过的事情，我很好，希望你们也好。

春天就快来了。

其实年轻的时候真的天不怕地不怕，觉得一切都会是 happy ending，我今天想说的是过程。我曾经因为化疗晕倒在医院大厅，曾经路都没办法走只能坐轮椅，曾病在床上疼得死去活来，曾一周没怎么吃东西水都喝不下只能靠输液，曾眼睁睁疼到天亮想过要么算了吧，曾因为锁骨置管太痛了从医院一号楼一路哭到三号楼，曾贫血贫到护士挤着我的胳膊抽血，曾打升白针骨缝疼得只能趴在硬地板上哭，也因为穿过太多次腰穿而知道哪个医生手艺最好，因为抽过太多次血让护士有没地方再扎的为难，因为化疗药效手脚都没有知觉扣子都扣不上，12 楼的护士姐姐都认识我——血管细得看不到每次抽血都得让护士长来的小姑娘，半夜总偷跑回家睡觉让主治医生逮回来好几次的小姑娘，喜欢吃鸡肉说自己是黄鼠狼附身的小姑娘。

我想说，我受过很多苦，说出来也并不会让别人感同身受；我想说，不管是我，还是你，都要珍惜并且记住曾经受过的苦难。

康复不是奇迹，不需要再对我说相信奇迹。

你们都会康复的，外面的世界也会康复的。

这是必然，请相信必然。

然后去珍惜平庸珍贵的生活。

2020.4.7

移植结束已经快三个月啦！我的生活也步入正轨啦！现在还在着手了解考研的信息，希望能考到自己满意的学校！

也希望能顺顺利利度过三年的康复期，永不复发！

2020.6.17

明天是我好朋友的生日，本来都说好一起过生日的……唉……

上周去医院复查，PET-CT 结果显示纵隔又出现了新的淋巴结。

至于为什么出现，教授也不能下定论，但是不怕一万就怕万一，如果真的是复发了我就玩儿大了。

于是又开启四处求医模式，打听到了省会的医院有一个新的还在试验阶段的 CD7-CAR-T 细胞疗法。

今天下午会入院穿刺一下，如果真的是复发，我就要进组当小白鼠了。

小白鼠有小白鼠的好处，就当是大型医疗项目体验官吧。

新的冒险，尽人事听天命吧。

2020.7.12

说来话长，你们绝对想不到我经历了什么。

我自己也没想到，甚至有些想唱："总有些惊奇的际遇，比方说当我遇见你。"送给郑大一附院肿瘤科的各位大仙们。

我开始了，让我们先回到六月。

六月初，我的半年复查进展得并不顺利。因为一直在吃靶向药，做检查还要每天空腹饿肚子，我抵抗力不是很好，扁桃体也发炎，PET-CT 的结果，问题就很多，而且在纵隔上，发现了一个新发的肿大淋巴结。

我从生病开始，一直是在血液科医治。我的主治大夫看完报告，让我观察一个月以后再来复查，他一直很有自信把我修得"滑滑溜溜""齐齐整整"。

但是！我妈她不这样想啊！这个 40 多岁的女子如同惊弓之鸟，

看完报告悲从中来，仿佛复发已经找上了门，于是在失眠了两个晚上后，决定去肿瘤科让我当 CAR-T 的小白鼠。

我就这样落入了肿瘤科的魔爪。

转去肿瘤科后，负责我的医生仿佛跟我一样也是个固执到撞死在南墙下的金牛座，在不确定是否复发，不确定是否是炎症的情况下，执意一定必须毫无回旋余地地让我做穿刺！

人间实苦，我上辈子可能是紫薇，天天被扎。

让我们来到做穿刺的当天。

因为太害怕失眠了一晚上，怕紧张会吐出来所以没有吃饭，蔫不拉几的我被拎到了介入科，开始了我一天精彩的生活。

先被拉过去做了 CT（CT + 1），确定了肿大位置，然后开了讨论会，我就被提溜进了手术室。

当时签了风险协议，医生只说位置有一点点不好，可能会有一点风险。

进了手术室我就有一丝怀疑，这啥手术室啊，躺 CT 机上做手术啊！于是又做了次 CT（CT + 2）。

我躺在 CT 机上，空无一人，昏暗的房间，使人感到日暮途穷……开玩笑的。

然后就是长达 20 分钟的没人管我。

大哥我光着的啊，做啥 CT20 分钟啊，我很羞耻地裸着双手举过头顶 20 分钟了啊！

那是一种全然的冷漠荒凉之感，夏日的晌午，我仿佛一个人在秋风中等死一样。

我想起来刚签了生死状，悲从中来，甚至开始了人生走马灯。

想起来上午犹豫没点的喜茶，我后悔，我怕我过会儿就没命再喝了。

然后，第一个医生来跟我确定姓名，大哥你不知道我是谁你给我做手术啊！

过一会儿，又来了一个，再三跟我确定姓名。又一会儿，上午给我做 CT 的两个医生又来跟我确定姓名。

甚至两个医生在我旁边争论起我到底是不是我来。

总之就是两次 CT 结果完全不一样，肿大位置被心脏、肺、骨头、大血管簇拥着，介入科的医生们一合计：

不敢给我穿。

我又全须全尾地出来了。

活着走出来的我感到了世界的恶意和嘲讽，还围观了两个医生吵架，问题依旧是：

我到底是不是我？

混乱中，我再次被那位想自证清白的医生拉进了 CT 室（CT + 3），为了证明上午的我和中午的我都是我，都是我啊！

唉……若不是我们两个，故事不必如此简单。

就这样，我又被送回了病房，而负责我的医生……她并没有善罢甘休，她要让我开刀，让我做胸腔镜，让我必须把那个只有几毫米的肿大给搞出来……

在我声泪俱下地上奏后，我妈幡然醒悟，于是我回家了。

这个月再复查。

这个月复查，应该就知道是不是啦！

2020.7.18

前两天复查，彩超做了全身淋巴结，都是未见异常！

哈哈哈！

继续夹着尾巴做人，不能太造次啊。

——人们往往只相信他们愿意相信的事。

地震过后，我截肢了

我没的选，哪怕是天王老子来了，也不可能给我再长一只手出来，所以要么接受，要么继续难受。

作为汶川地震的亲历者，也因此左臂高位截肢，如果要说地震对我的影响，那就是我的人生彻彻底底被它改变了。

那年我 12 岁，还是个孩子，处在无忧无虑的状态中。虽然从 8 岁开始我和我哥就已经是留守儿童，10 岁就开始住校了，但是少不更事，而且也有许许多多情况类似的同学做伴，所以并不太知道什么是愁滋味，直到汶川地震。

我是被放在门板上救出来的。我记得那个画面，我躺在路边的门板上，旁边站着光膀子的我哥。当时他初三，我初一。他命大，虽然被掩埋了，但只是受了一点皮外伤，震后半小时就自己爬出来了。

地震后没几天就是我13岁的生日，在帐篷里我过了人最多的一次生日，那时候还包着伤口。

那时候我还不知道会面对什么，不知道会被截肢，也不知道截肢意味着什么。

转往成都机场的救护车上，我人生里第一次吃到了雪人雪糕，很好吃！记忆特别深刻的是，有个护士阿姨趴在车窗上看着我。当时她在我的手心上写了她的名字，说："孩子你一定要好好活着，痊愈了来北大医院找我。"

到了北京后，人生里第一次吃到肯德基，那时候留下了一张照片，瞅着就是没见过世面的开心样……

地震之后，我突然就成为中国8000万残疾人中的一员。在没有经历一件事之前，真的是无法做到感同身受的。只有在我真正成为一个残疾人之后，才切身体会到这种冷暖自知的孤独感、乏力感。

迅哥儿说过："真正的勇士敢于直面惨淡的人生……"我其实当了很久的懦夫。

王小波也说过："人的一切痛苦，本质上都是对自己无能的愤怒。"在青春年少不顺心的时候，我把一切苦难都归咎于这突如其来的意外，时常幻想我要是还有一双健全的手，肯定会把这篮球打得更好，肯定会被更多女孩子喜欢，肯定会更帅……甚至时不时梦见自己四肢健全。

然而这一切都是无从更改的，起码以现在的科技力量不可能给我造一只冬兵一样的仿生手。但是我又想表现出自己多么硬汉，多么云淡风轻，因而时常在人前活泼开朗，表现得乐观开朗，坚强不息。实际上更多的是夜深的时候一次次流着无声的泪，顾影自怜。

直至后来，随着慢慢长大，三观逐渐形成，以前自己在意的种种身体相关的问题已经不算什么了。第一是渐渐习惯了；第二是自己真的也不 care 了；第三就是这个真的无可奈何，我没的选，哪怕是天王老子来了，也不可能给我再长一只手出来，所以要么接受，要么继续难受。

我这么聪明，肯定选择让自己好受点，哈哈。但是这也是需要一个过程的，我会做一些突破自尊心的或者身体局限的挑战来向自己宣战，比如一只手系鞋带，手脚并用地在人来人往的洗漱间洗衣服鞋子，在众目睽睽下一只手打篮球，脱掉衣服露出残肢去海边冲浪，沿着公路单手骑单车五公里，等等。虽然这些现在看来是完完全全不起眼的小事情，但对当时的我来说真的是如上刀山，下火海。

现在进入社会了，我的新的问题也随之而来。找工作的时候，因为残疾人的身份，会被区别对待。虽然也挺无奈甚至痛苦的，但是我已经不害怕了。以前那么脆弱都过来了，现在的问题也总会有解决的一天。实在不行就接受平庸吧，反正我本来就是一个普通人。我相信世界这么大总会有一处是我的容身之所。

人就是想象力极其丰富，愿意给自己预设很多难题。做事情之前会自己想一万遍后果，但却不去实施，结果还是原地踏步，焦虑复焦虑，形成一个死循环，最后就在自卑和不甘之中循环往复，焦虑加重。其实往往我们迈出了第一步，很多问题就迎刃而解了。

事实就是事实，你接受或者不接受，它永远都在那里。愿我们认清生活的本质之后依然还能热爱生活。

谢谢大家对我的鼓励。

续一

好多朋友问我有没有去找护士阿姨。

我现在在北京工作，肯定是去过了哈哈哈。

是前年的时候吧，当时刚来北京没多久，我得了小感冒，想着反正都要去医院，就去北大第一医院看看能不能找到这个阿姨。然后有趣的事就发生了，因为当初阿姨在我手心留名字的时候写得比较急，我把她的姓“曲”看成了“田”。工作人员说没有这个人，但是他恰好认识一个姓曲的护士长，名跟我说的是一样的。我说对对对，那可能是我记错了。

再后来就是见到阿姨啦。阿姨一看到我就认出我是当时他们转移伤员时的小朋友，很高兴也很热情，死活要留我吃饭。但是她很忙，我也要赶回去上班，就没有去。其实饭吃不吃不重要，我就是想告诉她：“谢谢你阿姨，我活得好好的。”我是真的很感激，而这种长大了再来见一下的感觉也是很让人觉得美好和记忆深刻的。

插播一下，今天是我 25 岁的生日。其实没打算过了，主要是没有想一起过的人哈哈，一个人过生日有点强行“无事话悲凉”的感觉。但是好兄弟给我订了蛋糕，我也不能不吃……所以在凌晨 12 点的时候还是自己点了蜡烛，许了愿。希望疫情赶紧过去，也希望今年我们能够顺利！

续二

已经回到成都快一个半月了，刚好工作一个月。

离开了两年的城市，一切都显得熟悉又陌生。

很多朋友都是这样的吧，疏于联系之后，感情也就淡了。虽说君子之交淡如水，但是在现在这个“网络一线牵”的时代，可能我不联系你，你也就忘了我了。

好像我就是这样的，回到这里一时也不知道找谁约饭，总觉得有点突兀。

好在我在北京已经独来独往惯了，加上工作又是 996，更加没有时间跟以前关系还不错的朋友复联了。

其实我并不太想讲现在的工作，因为现在的工作跟以前在北京的比真的是一个天上，一个地下。

在北京的时候，每天工作一小时，偷闲摸鱼 7 小时。

现在日日修福报，而且提成的机会渺小到纯碰运气。我在想选择回来做这份工作的意义是什么。

可能是不甘吧，却发现好像还是事与愿违。天又哪有那么容易遂人愿呢？

当初裸辞的时候，因为疫情再加上我的身体的原因，找工作确实不容易。

很多朋友都劝我，要不明年再找吧？但是我还是一意孤行。讽刺的是，现在看，我的选择好像有点“打脸”。有时候就想着，总有人会成功，万一那个人就是我呢？

说是“二十不惑”，“三十而已”，但是25岁的我卡在正中间，疑惑不已。

之前在某问答论坛上刷到一个话题：25岁，开始害怕30岁还碌碌无为，却不知道如何前进，该怎么办？

其实还没有点开这个话题，光看标题我就已经开始焦虑了。

因为我实在是太闲了，没有一点工作成就感，我总觉得自己是部门吉祥物，我不知道我存在在这个岗位的意义是什么。

为了让自己变得被需要，我裸辞了。

但是新公司的高压工作氛围，一下把我从天天摸鱼看视频的状态拉到了忙到有时候午饭都来不及吃，下班后还要继续控预算的状态。真的是天上地下的无缝对接。

每次下了班到家就已经9点40了，接着马上看数据，控广告，中间抽空洗个澡，回来继续，忙不停息工作到12点，发数据，12点半才躺下。周而复始。

虽然很多朋友可能都会说，这太辛苦了，身体要紧，但是我已经不想再像无头苍蝇一样继续乱撞了。互联网时代深耕一个行业总有概率开花结果的吧。

我不怕吃苦，我只怕自己真的到了 30 岁依然一无所有。

—— 校服是我和她唯一穿过的情侣装，毕业照是我和她唯一的合影。

—— 校服是我和她唯一穿过的情侣装，毕业照是我和她唯一的合影。

我如今什么都有，唯独少了那份勇气

我也觉得我的生活很好，只是……我也想过染发，我也想过拒绝无聊的邀请，我也想过一脚踹翻那个胖子，我也想过出走，我也想过这样那样，但我知道这辈子我都不会去尝试了。

说到女混混，我想起一个关系并不深的朋友。

我不知道怎么去定义“混混”，毕竟回顾自己走过的 20 多年，我的生活轨迹绝对跟这两字无关。认识的人不多，提到“女混混”能想起的，只有她。尽管她不是那种电视剧里抽烟喝酒文身打架堕胎的类型，但她……我不知道怎么说，就是和我们的追求完全不一样的人。

她是我高一时候的第一位同桌，我们当时就读的高中还算不错，是所谓的“国重”。她是本地人，但中考成绩不好，家里找了关系交

赞助费才把她送进来。我是从另外一个市参加自主招生考考上的，付出的努力比她多了不少。

开学第一天班主任要求我们上讲台做自我介绍，轮到她，她在椅子上连屁股都懒得抬就说：“我叫 × × 。”

老师自然不乐意，让她上去重新介绍。

“这种无聊的东西，我不参与。”我坐在她右边，她说完这句话，我不自觉地把椅子往外移了移，可能潜意识里面认为这样的女生有些危险。

她很少和班里的人说话，很少参加集体活动，基本算个透明人物。我和她就算是同桌一天说话也不会超过十句，除了她要出去时说上一句“同学让一让”之类的。上课呢一般都在睡觉，遇到感兴趣的课就听一听，作业也基本不做，要么交白卷，要么在收作业的前一秒拿起笔随便选上 ABCD。班主任老师把她当成反面教材，经常当着全班的面批评她。我最佩服的不是她打发时间混日子的能力，而是她面对各种批评面不改色的样子。班主任在讲台说得唾沫横飞，我还能隐约看见她披散下来的头发遮住的耳机，她边听着歌，边脚踩节奏跟着抖。

所有科目的老师都不喜欢她，除了语文老师。语文老师是个一丝不苟的中年人，讲话慢慢语调平平，听久了就像是摇篮曲。我语文一直是短板，不喜欢听他上课，他还总在上课时补充讲些我不感兴趣的课外知识。

她在上语文课时倒比其他课认真，遇到想听的内容会记点笔记还会回答问题，不想听课时也不会睡觉，而是看一些课外书，或者写点东西。但她语文成绩也不算好，虽然老师说她作文方面有天赋，经常让我们下课之后传阅学习她的作文。可我没有见到过她写的作文，语文老师下了课就把卷子留在讲台上，前脚老师一走后脚她就上去把卷子拿下来了。

语文作文一向都是我的短板，有次作文才得了二十几分。我犹犹豫豫地问她，能不能把作文借给我看看。这还是我第一次主动和她聊天。

没想到她还挺好说话的，随手把卷子递给我说："不要给别人看。"

她的字写得很好，字如其人，清秀漂亮。作文内容我现在已经想不起来了，但至今还记得主题大概讲的是一个人就算站在谷底也要仰望星空。如今的我已经看腻了这类文章，但在那个大家只会引用什么名人事例的八股年代，她写的文章很像散文，算是很不一样了。

班里总有那种同样找关系进来的好事男生，我叫他胖虎好了。胖虎有次趁她不注意抢先一步拿走她的语文卷子，然后神色夸张地朗读起来："我不属于这儿，以后也不会属于那儿。我愿做无拘束的风，飘荡在……"

没等胖虎读完，她就大步走上前，顺手抓起一本书拍在了胖虎那张还没来得及收起的笑脸上。在他一脸错愕的神情中，她抽回了卷

子，利落地回到了座位上。

“好帅。”我听见坐在前排的男生发出一声惊叹。

“你不怕他以后找你麻烦？”其实看到胖虎被制裁，我心中也是高兴的，毕竟曾经被他明里暗里嘲讽过。

“随便了，以后的事以后再说。”她一副不在乎的样子，我当时也算听过一些他们关系户的故事，心想关系户果然跟我们不一样。

这事让她在班级中一战成名，不过她成为全校名人的事是后来的国旗下讲话……准确来说，不是讲话是检讨。

高中校规不允许染头发、涂指甲，每周都会不定时有一次卫生检查。她和卫生检查队的人玩得不错，所以每次检查都能过，但这次却不一样，这次检查是由教导处主任带队的。

教导处主任出了名地刁钻厉害，收拾学生方法一套一套的。胖虎因为上次被打的事情一直怀恨在心，在教导处主任检查完要走的时候，他猛然举起手大声说道：“我要举报 ×× 染头发！”

他怕老师不相信，直接走过去掀开她的头发，她黑色头发下隐藏的粉红色暴露在大家的视线中。那时候我们已经不是同桌，我坐在她的后面几排，但看得很清楚，记得她的颈线很美，讲真，粉红色的头发很配她，可能因为皮肤比较白。

教导处主任顿住脚步，挺着大啤酒肚气冲冲地朝着她走来，指着她的鼻子骂道：“你给我滚出来。”声音之大，吓得我浑身一颤。

不过滚过去的不是她而是胖虎，是她站起身蓄力一脚踹在了他的肚子上。胖虎想稳住身形，但是踉跄之后不幸摔在教导处主任的面前。

这件事闹得挺大，我去交地理作业时，特意绕路从行政办公室经过，假装不经意地朝里看。正巧看见她爸爸一巴掌打在她脸上，嚷嚷着“给老子丢人”。她把脸偏向一边，似乎看到了站在窗外的我。我当时脑袋空白逃跑似的奔回教室，不知为何心跳得很快，而她被要求在家反省一周，下周一来的时候要在全校面前做检讨。

可让教导处主任没有料到的是，她写了两份检讨，一份给了他检查，另外一份在全校面前做检讨时用。

她的头发也染了回来，平时看上去是黑色，但在阳光下却泛着酒红。她在国旗下站得笔直，声音很洪亮，气势十足，像是在宣布自由宣言一样。

“染发是我自己的选择，没有人可以对我的人生指手画脚，我是我自己的。”她开头说完这句话，全校哗然，有些班级的男生甚至还大声起哄，“有脾气！”“说得好！”没有等她读出下一句，教导处主任一脸铁青地将她吼了下来，并且当场宣布给她记大过。

我后来想过这个问题，她没有被开除，可能是因为关系户的身份。

高二开学文理分班，我去了理科优班，她去了文科最差班，之后我们便很少有交集。我只是偶尔看到她跟不认识的人走出校门，偶尔在借书时遇到她和一个男生在图书馆的那段少人经过的楼梯前亲吻……我们已经是两个世界的人，成了点头之交。

高考选学校选专业我全听了家里的安排，家里把我送进了某电子科技学校，计算机专业。我感觉到的男女比例 7：1 远超校方说的 2：1，未来还得成为一言难尽的女程序员。

当时可能不懂那么多，拿到录取通知书只觉得去一个没什么女生的学校怪尴尬。和高一同学网上聊起这事，同学突然很兴奋地说道：“你还记得 ×× 吗？就是那个被记大过的女生，以前你同桌……”

“她怎么了？”那个曾经一脚踹翻壮汉的女生，我这辈子想忘都忘不了。

“她高考好像考了 300 分都不到，她爸想交钱让她去读个点招的专科会计，以后出来直接在家里的厂上班。她不同意，听说天天在家里都快打起来了，还被锁在家里。然后……你猜怎么着了？”

“怎么了……”能怎么样，我是想不到的。

“她偷了家里的钱，直接买机票跑了，反正说是不会去读书了，随便家里怎么办。”

我根本没有想过不上大学的人生会是什么样的，她是我知道的唯一一个选择不读大学的同学。高中那所“国重”很要面子，年年宣布大学录取率 100%，大家都在说，是不是那年要宣布入学率 99.9% 了，而那 0.1%，就是她。但后来好像没有听到过相关消息，就如同再没听过她的事迹。

之后同学会她也没来过，大家又正在经历从 QQ 转到微信的时代，和不少不太熟识的同学断了联系。

大学都快毕业的时候，才有人拉了微信群，她也在里面。刚建群聊的第一晚，不断有消息弹窗提醒，许多人在互相问询彼此生活如今怎样了，被问到最多的就是她。

“家里有钱就是好啊，不工作能全球跑。”有人说出这句话。

我加上了她的微信好友，翻阅她的朋友圈，才知道她已经去过那么多地方，伦敦、曼彻斯特、阿布扎比、夜功、曼谷、埃尔科、里诺、圣地亚哥、川崎，我知道名字的不知道名字的城市她都去过，写下文字的现在，她正准备从小樽飞到巴黎。

她的朋友圈像是为自己记录的，只是拍下当地的风景，没有任何观点和别的内容。

“跟家里断联很久了，现在是工作半年玩半年，”她似乎刚下飞机，才在微信群里回复，“其实就是盯着特价机票，哪里便宜就去哪里。”

在一片厉害的声音中，有人问她没攒下钱买房养老怎么办，她只是淡淡说以后的事以后再说。

又是这句话，我仿佛又看到那个高中时代对一切满不在乎的差生女孩，她真的成为她作文里描写的那样，这么多年没有变一样，还是那样的愚蠢……和单纯。

在我心目中，她就是那个脱离了低级趣味的人，那个不以他人意志为转移的人，她过的每一天就像个“混混”般不务正业，但她的本

意就是如此。她很快乐，这就足够。

2 月份的时候公司开了年会，年会结束那晚回家的路上，刷朋友圈看到她发的挪威看北极光的图片，我抬起头望了望天空，深圳这座城市灯火通明，连星星都看不见。

年会现场我发了张自己拿到团队贡献奖的照片，她可能正在挪威玩手机，评论我说厉害啊姑娘。略微受点酒精的刺激，我给她发了句十年间从来不敢说的话。

——我真的很羡慕你啊。

——啊？我有什么可羡慕的。她好像很惊讶。

——就是……很酷啊。

我知道她理解不了我在说什么。

我也觉得我的生活很好，只是……我也想过染发，我也想过拒绝无聊的邀请，我也想过一脚踹翻那个胖子，我也想过出走，我也想过这样那样，但我知道这辈子我都不会去尝试了。

她不会羡慕我，恐怕她从来就没有设定过自己要过上我如今的生活，她只是依着自己的喜好，在既定的轨道上愈走愈远。

选择无分好坏，但我只是羡慕，一直以来都很羡慕她，羡慕她的漂亮、勇敢、果断……

那晚我们没有说太多，她说她为了看极光开车开得太远，返回租住的公寓还有好几个小时的车程。我提醒她多加小心，便忙着抢订回家的机票。

后来跟她越来越少联系，除了朋友圈看她继续解锁世界地图上未抵达的区域。

我们真的成了两个世界的人。

不对，我们确实是两个世界的人。

她的生活不是最好的，最后我仍然想澄清一遍，我并不羡慕她的生活。

我只是羡慕，她有选择生活方式的勇气。

我如今什么都有，唯独少了那份勇气。

—— 校服是我和她唯一穿过的情侣装，毕业照是我和她唯一的合影。

那年的异性同桌

其实没有那么多遗憾和错误的，感情也不是我多迈出一步就皆大欢喜的。

梁京

他感冒，习惯性从我兜里拿卫生纸。

但是那天我兜里装着“姨妈巾”，露了一点白边。他以为是卫生纸，刷一下就抽出来了。他抽出来看了一眼，又塞回去了。

从此以后他就记住了我的“姨妈”日期，然后调侃我！并且让从不记“姨妈”日期的我，成功记住了！

我拿自己的马尾甩他，是故意的。哈哈哈，他可能到现在也不知道。

我喜欢过他，很久。

在我心里他会发光。

初一，我没参加预科班，其他同学都认识了，我才进班。

被推上去做自我介绍，当时我就是一个很文静的小女孩，到一个陌生的环境，内心慌张，自我介绍声音很小。老师问，听清楚了吗？全班答，没有。这样来回了好几次，其中有一个男孩子喊得最响亮，我记住了他的样子。后来老师只好说，大家下课后和新同学介绍一下自己。

下课后，好多人围过来和我说话，他也过来了。他伸出手笑着对我说，你好，我叫 ×××。他的笑容真好看。我当时懵懵的，觉得男孩和女孩怎么能握手呢，就没有伸出手，只是冲他笑了笑。

班会上玩一个游戏。女生男生各围成一个圈。再后来要男女生分开，全班围成一个大圈。正好到我和另一个女生那里断开，需要和男生牵手。

那个女生和她旁边的男生尴尬了一下，但马上就拉起了手，我也尴尬了一下，之后也伸出手，但我旁边的男孩死活都不伸手（后来才知道那个男孩当时有所谓的小对象……）。当时场面尴尬，我的手一直在那里举着。然后，让我后来回忆了无数次的画面出现了！那个男孩，也就是我后来的同桌，朝着我走了过来，抓住了我的手！尽管我当时内心毫无波澜，但后来再回忆起这个片段的时候，他整个人像天使一样在发光（可能少女的春心也是这个时候萌动的吧）。后来玩游戏的时候，他还说你手怎么这么凉啊。

我们是分层上课，我在 A 层上数学课。整个 A 层就两个女生，班里也就 21 个人。有天，老师要玩“一块五角”的游戏，女孩代表五角钱，男孩代表一块钱。老师会喊到五角钱的倍数，类似一块五、两块五的，男女生要按老师喊的数组合到一起。然而，女生就两个。不知道有意还是无意，我全程总和他在一起，另一个女孩就被其他男生追着跑。

我们是小组授课，数学课我俩在邻组，全班共用一个大黑板，一组一半。他字很好看，我也不赖，因此在各自组里抄板书。我俩总是抄着抄着就开始打闹。他总是越过他们组的地方往我这块黑板上乱画。我虽然假装生气，但其实很开心。那个时候我特别喜欢数学课。

后来我们成了同桌，我喜欢他，他或许不知道吧。

有人往我的数学练习册里塞告白信（那好像是我人生第一次收到告白信），其实我一点都不在意，但我故意装作很惊讶地“啊”出来，就是想让你（还是直接称呼你吧）看到。你一脸淡定说，我知道有人给你写情书，然后把那封情书拿走，拿全班男生的笔记本对比笔记本的横格纸，看看是从哪个笔记本上撕下来的。

下课以后，你和我说了那个男孩是谁。他承认了。其实我早就知道是谁。

有一阵很流行照大头贴，我照了几张，有几张自己很喜欢。你问我要一张我的大头贴，我就把我最喜欢的那张给你了。后来好多男孩跟我要我的照片，我当然没给，甚至我贴在笔记本上的大头贴都被撕走了，没贴的大头贴也被偷得七七八八。

后来我才知道，那个给我写情书的男生花钱买我的大头贴，而你要走的大头贴也给了他。

我很讨厌我站起来回答问题时，全班都在起我和那个男生的哄，特别是你。

我个子矮，很多男生喜欢摸我的头，但是摸完我的头唯一不会挨打的人是你。

初中毕业那天，你说，这么多年同桌了，咱俩抱一下吧，我说不要。

旁边有个男生说，咱俩抱一下吧，我说好。

我就当着你的面抱了那个男生，然后，你有点生气地喊了我的名字。

我过去抱了你，不想松开。我个子只到你肩膀，你的怀抱真的让人不想离开。然后我装作潇洒、装作若无其事地松开了。

（如果，你没和我在一个高中，可能我的三年暗恋就可以停止了吧。）

高一，我坐在新学校的教室里。看到你走进来的时候，脑子都炸掉了。

你走进来了，我的眼睛就没离开过你。下课你看到我，叫我的名字。你说，我怎么感觉一直有一个人盯着我，原来是你啊。

语文老师出了三道选择题，谁做出来谁就上黑板去写，有奖励。

前前后后十几个人上去，我和你也上去写了。你知道我语文很好，就看着我写的改了自己的答案。

最后，只有我们两个正确。

语文老师叫我们俩去了办公室，给了我们两个笔记本。你当着语文老师的面揉了揉我的头，说 ×× 不错呀。

那天运动会，我冻了一上午，就为了看你 100 米比赛，结果两秒钟看到几条腿“唰唰唰”跑过去就没了。

高二我们不在一个班了。我是生物课代表，总是帮你们班拿生物卷子，就为了跟坐在门旁边的你说句话：“给你们班生物课代表。”

高三我和我妈吵架，一气之下剪成了学生头。你看到我，眼睛里突然释放出惊喜。对啊，我初一的时候也是学生头。

后来，因为你眼底的惊喜，我想留一辈子学生头。

你是我这辈子遇见的最好看的男孩子。

你是我这辈子遇见的最让我心动的男孩子。

是暗恋了六年却不敢说的男孩子。

是什么时候喜欢的你呢？大概是你走过来牵起我的手的时候吧。

小说里追逐李渔的黄澄澄，最后要留给自己一碗很甜很甜的红豆粥。

所以，持续了一整个青春的暗恋，埋葬在这里吧。

我会努力优秀到足够站在你身边。

但是你啊，我决定忘记了。

另外，熟悉我的人，看到应该能猜出来是谁了。

但是希望你装不知道，也不要问任何人。

我能写出来，代表已经打算忘记了。谢谢。

还有谢谢看完我故事的陌生人，希望你们新的一年遇到喜欢的人。

发现自己真的是很执着。喜欢了你六年和喜欢了我的偶像五年，是我青春里最执着最浪漫的两件事。

好多人问我为什么不去表白，我现在大二了，其实我们从高二之后互动就很少了。还有啊，年少的事，就已经是年少的事了。现在我已经不喜欢他了，就算还是忘不了，那也只是喜欢记忆中的那个他罢了，就让这个“他”成为记忆吧。

其实没有那么多遗憾和错误的，感情也不是我多迈出一步就皆大欢喜的。

我大一恋爱过，我也很喜欢很喜欢我男朋友，虽然后来分手了。

他是我青春里的朱砂痣，是记忆里的男孩。

青春就是因为这些暗戳戳的小暗恋，才会闪闪发光的。我写下这

个故事，只是因为每次想起来，就会牵动整个嘴角啊。

还有啊，暗恋也不是只有这些美好的小故事，其中五味杂陈，只不过写下的是比较甜的片段，因为伤心的不想记住啊。

现在已经很坦然啦。

—— 校服是我和她唯一穿过的情侣装，毕业照是我和她唯一的合影。

和我拼房的异性带我进了传销组织

警察就对着前同事的脑袋用力拍下去，边拍边说就是你们这些人把我们的城市搞得乌烟瘴气，让外面的人说这里都出骗子。听着那清脆的拍击声，我心里无比畅快，为民除害呀。

这件事发生在八九年前，当时我在江苏的一个城市工作，过年也没有回老家。在此期间一个以前的同事来看我，我和他不算熟，也就随便聊聊。

此后就有一个自称认识我这个前同事的女人加了我，当时聊天主要靠 QQ 和短信，还有电话。那时我刚刚和女朋友分手，所以也就有一搭没一搭聊着。聊到我兼职在做淘宝，卖的是男士内裤，她就问有没有女士内裤卖。她还让我送内衣给她。

那天是愚人节，晚上她先给我打来了电话，说要我哄她，讲笑话给她听。我说不会，她反过来讲了两个笑话给我听，然后要我做一天她的老公。我心想，愚人节的玩笑也开得太大了吧。虽然我心里非常乐意，可是我还是找了个理由拒绝了，她就挂电话了。后来我回了她电话，道歉。这个电话一直打了近一个小时，直到愚人节过去。

再过了一周我给她发了条彩信，两张图片，说是她喜欢的东西。然后我就说她穿上那些衣服一定很好看，聊着聊着彼此突然有些冲动了。以往聊天总是小心翼翼，很少越线，但是这一次有一些越界。她会说一些思念的话，我也会给予回应。

此后我们聊天的频率也越来越高，在短信和电话中我们的感情仿佛已经升温了。

聊了近半年后，由于工作不顺利，我便辞职了。她就邀请我去她那里玩，看看她。我想也好，顺便去旅行下吧。她在湖北的一个小城市，我乘了十来个小时的火车。她在火车站出口等我，穿着短裙，上身是 T 恤，20 岁左右，相貌普通吧。虽然在来之前见过她照片，但见到真人还是有些感觉不一样。

当时已经快傍晚了，我们在古城墙走了会就到了饭点。我提了句，你请我吃饭吧。她好像是愣了下，然后就把我带到了路边的一家小菜馆，门面不大，也不怎么干净。我让她点菜，她点了两三个菜就吃了起来，花费在四五十元吧。

吃完就要找地方住了，她带我到了个宾馆，说第二天带我去她工作的地方看看。我交了钱开了标准间，送我进房间后我以为她会回自己住处，可是没想到她留下来了。一人一张床，她选了靠窗的一张。

坐火车比较累，我就洗了个澡；她躺在床上看电视，说不洗了。由于在电话中我们已经聊了很多，互相说了很多关于彼此生活的事情，现在面对面也不那么陌生。我们抱在了一起，我吻了她，有点网恋奔现的感觉了。就在要进一步的时候，她说她没洗澡，而我也突然惊醒，没有继续动作，然后就各自睡了。

第二天她就带我去了一栋大楼的顶楼房间，那里已经有了几十个人，等我到了之后他们就开始上课，介绍产品啥的。这时我意识到这可能是个传销组织，我拿出了摩托罗拉手机，放在双腿下，开启录音功能。最后环节是新人自我介绍，包括我在内有四五个新人。

上完课下楼后我就快步离开，然后尽量挑明亮人多的地方走。她一直跟着我，我让她带我去公园逛逛。逛公园的时候我说我下午就会离开回江苏，她的意思是让我再待几天。我越想越不对，在麦当劳吃过午饭后就坐公交车往火车站走。这期间她和别人打了电话，然后说我以前的同事会过来，让我再等等。

到了火车站我买了直达江苏的火车票，火车是晚上十点多出发。等我买好车票走出售票大厅，我以前的同事出现了，冲我破口大骂："好心让你来这玩这么快就走，你有没有心呀……"他旁边还有几个男的，只是碍于公共场合他们不敢动手。

我没有说话，顺着人流走到火车站售票厅对面的一家宾馆。大厅宽敞，巨大的落地玻璃窗很敞亮，我在前台对面找了个沙发坐下，然后拿起手机打了110，说我可能被传销组织盯上了，我录了音，告诉他们我的地址。前同事还在一旁辱骂我，引起了许多人的驻足观望。

我在那焦急地等待着警察叔叔的到来，没有回应他。

终于警车来了，两个警察向我走来，在这人生地不熟的地方，我看到了希望。我描述了下情况，警察说你跟我们走吧，然后把她和前同事也带上了警车。在车上警察问我们要身份证，我拿出身份证递过去，但她和前同事都拿不出身份证。警察就对着前同事的脑袋用力拍下去，边拍边说就是你们这些人把我们的城市搞得乌烟瘴气，让外面的人说这里都出骗子。听着那清脆的拍击声，我心里无比畅快，为民除害呀。

到了警局开始录口供，对口供。警察问我说你是不是强暴她，我如实说衣服是脱掉了，但没有发生关系，应该是坐火车太累了吧，然后说了我在第一次跟她见面和吃饭时对她的顾虑。录音他们没有听。警察说你怎么打算，我说已经买好晚上回去的火车票了，他们就说你可以走了，然后用警车把我送去火车站。是的，用他们的警车送我。

可是警车开到半路，警察接了个电话，说她告我偷她金项链，于是又把我带回了警局，继续录口供。没做过，我问心无愧，所以在陈述事实后我说你们还可以搜我的身。他们没有搜身就把我放了。这次他们不能送我了，我便自己打车去火车站。

到了火车站，才下午四点多。我径直走向候车厅，总觉得有人在跟着我，由于离开车时间还早，我只能向检票口的阿姨解释说我可能被传销组织盯上了，希望能让我先进候车大厅，然后请求她把我的票换成最早的一班火车，换乘也行。检票口的阿姨马上放我进去了，让另一个工作人员去帮我退换车票，然后要求每一个进候车厅的人都凭票入内，还指着不远处几个向这边观望的人问我说那是不是传销的人。我也不知道，只是感激地说谢谢阿姨。

没一会儿，工作人员回来了，她给我换了最近的一班从郑州中转的火车，火车六点左右出发。拿着换乘票，我到候车室的卫生间平复下心情，然后给在江苏的同学打电话，说如果我六点半不给他打电话就报警，之后关机。上火车后我打开手机就收到前同事发来的谩骂短信，忽略，打电话告诉同学已经上火车了，不需要报警。

没有机会对警察说感谢，在此感谢帮助过我的警察叔叔和检票员阿姨吧。谢谢你们！

—— 好像现在没有了特别喜欢的人，也没有了特别讨厌的人，更没有了特别要好的朋友。

——好像现在没有了特别喜欢的人，也没有了特别讨厌的人，更没有了特别要好的朋友。

我退出家族群已经三年了

我只想当民国时期的盛爱颐，即使我不是富二代，即使所有人都说我不行，我的合法权益也不容侵犯。

一出生连我母亲都还没见着我一眼，我就被送走了，原因只有一个——我是女的。尽管我是长女，但放在30年前的潮汕，这就是原罪。

奶奶重男轻女，爸爸一声不吭，任由奶奶把襁褓中的我抱去送人。第二天我被抱回来，还要感谢算命先生，若非我妈妈娘家人拿我八字去算命，算命先生说莫要把我送人，否则就是便宜了别人家，我大概也不能去而复返。

去年，华为某21级大佬摸了摸我的后脑勺，说我后脑那么大一块反骨，又举了魏延天生反骨日后必反，最后下场悲惨的故事，对我

一顿埋汰，说我叛逆，还说我反抗不了家里重男轻女的传统。那时候我只有几百个粉丝，他说我每天写的什么烂鬼东西，要我学习足球知识好建立共同语言，学习育儿知识好当一个知书达礼的贤妻良母，每天看新闻，拓展知识面。

大佬太小看我了，他不知道，我要是真像他说的那样软弱，就成不了现在的我了。

我的堂哥，中考考了 300 分，爷爷奶奶花钱帮他买的高中；我的堂姐，中考考了 400 多分，被送去读中专。

我高考考了 530 多分，我爸朋友跟他说女孩子读大专就好了，让我去读民航。我当时就撂话了：不给读本科我就不读了，我家的事轮不到别人掺和。

最后如愿以偿读的本科。

从小，我弟弟红包都给我。大学，我生活费 2000 块；他 800 块。我弟弟对我特别好。

我的女同学们都没有继承权。比如我一姐们儿，她爸是医生，妈妈是公务员，有一次带她去看房子，说要买房给她弟弟娶媳妇。她问她爸："我的呢？"她爸爸回答："你的跟你老公要去。"这在潮汕，就是常态。

而我，当时爸妈想在惠州买房写我名字，于是带我去看房问我意见。我亲戚说："你爸买房关你什么事？"我差点就说我爸买房是给我的，但是我最后还是没说。多一事不如少一事，捅到我奶奶那里去，又不知会惹出什么幺蛾子。

你以为这就完了？

没有。我堂哥欠网贷，十几万几十万的都有，我爷爷奶奶卖掉老房子替堂哥偿债，然而一年不到，我堂哥再次欠网贷，说是有几十上百万，于是我爷爷奶奶把儿子们为他们新买的房子又卖了，给我堂哥还钱，然后让我爸我叔租了别墅区给他们住，但对外又说儿子不孝顺，居然要老人家租房住。我爷爷奶奶都是体制内的，退休金两个人加起来有 5 位数。

让人糟心的例子还不少。

比如我要迁户口。我亲戚说你弟是你爸妈的儿子，儿子才可以当户主，我说难道我不是我爸妈女儿吗？

于是我三下五除二就把我爸叫到深圳来，把户口给办了。现在户口本就我一个人，我是户主。凭什么女儿不能自立门户？

你以为女人最大的敌人是男人？错！女人最大的敌人是那些自己备受压迫却不敢反抗，于是只能压迫别人来达到心理平衡的女人。她们会告诉你她们都是这样过来的，女人就应该怎样怎样怎样。想的不是爬上来跟你站得一样高，而是把你拉下来，和她们混得一样差。

当然了，我对“重男轻女”的反击任重而道远，没两把刷子是肯定不行的。

我退出家族群已经三年了。

活不好我就不回去！

不一碗水端平也不回去！

反正我奶奶从小说我女宗皇。

那些说什么“女孩子应该怎样怎样”的，可拉倒吧！女孩子就应该多读点书，多长点见识，多挣钱，多见见世面，捍卫自主性与选择权，否则你就只能被束缚在所谓的“你是女孩子，以后终究要出嫁的……”“你应该多帮助弟弟”的牢笼里，活成苏明玉再怎么也好过活成樊胜美吧。

愿每一个小姐姐都能被珍惜，如果不能，那就好好爱自己！谁也不能轻视你！

我只想当民国时期的盛爱颐，即使我不是富二代，即使所有人都说我不行，我的合法权益也不容侵犯。

在生活中我云淡风轻，在战场上我绝不手软。

我不鼓吹男女对立。我弟对我很好，我懂。

我只是不想活成万万千千潮汕女孩中的一个。

即使，反抗的路很难走。

——好像现在没有了特别喜欢的人，也没有了特别讨厌的人，更没有了特别要好的朋友。

因为一件小事，我被全班孤立了

此后这位女同学，像是着魔了一样，见人就说别信我的话，她不是我口中说的那样的人，我只是想报复诋毁她而已。

慕小晨

大学刚入学的我，因为对计算机比较了解，上课前会帮老师调试电脑和大屏幕，一周不到，所有任课教师就全都认识我了。其中有一个老师，挺喜欢我的，问我想不想当他的课代表。

当时我们班的班干部，除了课代表是各科老师单独任命的以外，剩下的都是民主选举的。

我说想啊。

然后我就成课代表了。

这位老师在台上宣布我就是课代表的时候，台下一个女生，明显不乐意了。

原因就是她也想当这个课代表。

她之前参加了班干部的选举，想要竞选的岗位是班长，结果只得了三票。

班长没当成，就想当课代表。

可是当时其他科老师早就定好了各科课代表，剩下的就只有我这一科了。

她以为这位老师也会像其他科老师一样，上课前先问一句：“咱班哪位同学想当我这科课代表啊？”然后她第一个举手。

可结果老师压根没问，直接就宣布任命我为课代表了。

我不知道她当时内心是怎么想的，但从这之后，她与我的交流就开始频繁了。

比如我收发个作业，她看我有时候既要收当天的练习册又要发昨天判过的作业本，会主动帮我分担点任务。

一开始我也觉得她挺好的，觉得这个人还挺热心。

甚至有的朋友还问我，是不是她对你有意思？

我说去你的吧，别瞎扯淡，污了小姑娘清白。

后来有一次我们这科组织校内竞赛，准备选拔优秀人才到市里参加比赛。我作为这科课代表里的主要负责人，经常要开会讨论一些诸如时间安排、训练场地安排之类的问题，还要负责联系每个班的课代表传达上面指令，除此之外，还要负责统计全校报名的总人数，统计参赛人员名单……自然，有的时候收发作业这个任务就忙不过来了，这个女同学，每次在我忙不开的时候，都会主动帮我完成这些任务。

最后这个竞赛举办得很圆满，我们学校共计 15 名同学获得了市级证书。

事后，为了感谢这个女同学，我替她也争取了一个“最佳组织奖”的名额（这个奖主要是表彰对这次竞赛做出突出贡献的同学，由我负责统计上报），并把她引荐给了我们老师。

原因是之前有一次闲聊的时候，这个女同学曾表示，挺想当这科的课代表。

我想，有个能帮我分担任务的同学，也挺好的。

然后，噩梦开始了。

我可以承认，这位同学前期当课代表真的挺尽职尽责的。每次别的班课代表通知“课代表去某某楼开会”，我身子还没动，她都已经窜出去了，回来的时候也总是能想着第一时间传达通知，有时候开完会还能顺道把没取回来的作业取回来。后来，这个女同学私下里找我，说咱们分工吧。

我问怎么分。

她说，以后开会传达通知，就由她负责跑腿，至于留作业和收发作业这些，就交给我这个男生，因为作业太重了她拿不动。

我想了想，挺有道理，同意了。

之后分工还可以，各司其职，没出过什么岔子。

她依旧是有时候开会会帮忙带回来些没取的作业。

坏就坏在这个女生的人品上了。

表面上，我们一团和气，互相都挺尊重的；私下里，她就跟其他

女生吹风，说我怎么怎么不负责任，怎么怎么欺负她，明明我是负责收发作业的却每次都要让她拿作业回来。

说明一下，我们学校老师规定这科的课代表每天收作业的时间是早上到校的时候，取作业的时间是固定在下午第一节课间的，因为老师们上午都有课，大多数时间办公室都是锁门的。你说她早上开会非要带个作业回来，怪我咯?

由于她的举动挺符合她所说的片面之词，很多不知情的同学相信了。

女生们先是站在这个女同学这边，觉得我不是个东西，之后风吹到男生这边，那帮男生吧，有的一开始不信，后来以讹传讹，说的人多了就信了，有的直接看这女生长得好看直接无脑信了……

然后，我就华丽丽地被孤立了……

其实回想起来，被孤立那段时间我还真没感觉出来啥。每天都忙着学习，空余时间总被各科老师召唤——比如帮忙修个电脑啦，统计个名单啦，公开课帮忙录个像啦，等等等等，与同学的交集少之又少，以至于长时间被这帮同学孤立，我压根都没感觉到……

什么时候感觉到的呢?

起因还是这个女同学。一些跟她要好的同学仗着她是课代表能行方便，不写作业，我收的时候就交不上来。自然，负责统计没交作业同学名单的我把他们给记下了。然后神奇的事情来了，等上课老师问起这帮同学（我记得好像是十来个人，占全班总人数四分之一）为什么没交作业，他们统一口径居然是我没留。

后来老师问全班我留没留作业，只有少数人说留了，大多数都说没留，是通过这个女同学才知道的作业。

然后，我被老师当众劈头盖脸地训了一顿……

被老师训完，我特别生气，下课后直接站讲台上，不让全班走，质问全班：我到底留没留作业？

这会儿就有人带头说，你写那小字根本看不清，留了跟没留一样。

其他同学附和几句，完全无视我，直接走了。

我当时就蒙了。

我留作业在黑板上写了大概一号字那么大，你们跟我说看不清？

后期又发生了很多小插曲，譬如课代表判课测（后期备战期末考的时候，每节课都随堂考试，我们叫作课测）时，这个女同学给自己要好的朋友故意改答案判高分，体活（就是我们学习压力过大的时候，班主任会给我们一个多小时的时间让我们自由活动，可以出去买零食，可以去操场，也可以在教室睡觉）时故意把所有活——比如批卷子撕卷子之类的，全丢给我一个人。如果我不干，班里的同学就说怎么什么活都让人女生干，或者平时什么都不干这时候干点活能死？或者一个男生斤斤计较个什么劲啊！

的确，平时就她跑办公室开会最勤……

还有很多很多的事，我在这里就不一一叙述了。反正从那之后，我就认定了，这个人，不能深交——最好不交。

实际上，由于我这个召唤兽，总被各科老师频繁召唤，所以校园

冷暴力，我倒没什么太多机会直面，也没给我带来什么影响。

搞笑的是，由于我班大多数同学认为，这个女生明明什么都比我优秀，老师却还总是找我办事，所以“合理”推断出我有个亲戚是学校的老师。但有亲戚在学校任职的同学调查后发现，并没有这回事。

后来，学校拍100周年校庆宣传片，除我班以外，我在其他班几乎是全票通过，成为宣传片的主角之一（回想一下，我估计是因为我总是跑各个班传达消息或者帮该班老师办事，在很多班都混了个脸熟才会有这么多人投我）。而一位老师从同学的只言片语里面听出，我貌似是被孤立了，又通过询问得知，同学们都觉得我空当课代表，欺负女课代表，什么活都不干。为了还我清白（毕竟老师知道我具体都干了多少事），以后每次找课代表开会，这位老师都从大六楼（他所在的办公室）下到二楼（我们班所在的教室），当面嘱咐我去六楼办公室开会，然后爬到三楼广播室通知全体课代表开会，再回到六楼——说真的，直到现在，我都特别感激这位老师，以及前前后后默默帮助我的其他老师——说到其他老师，在得知这个消息后（怎么得知的我也不知道，大概是办公室的风言风语？），他们有时候连自家课代表都不找，直接找我帮忙，或者让我通知他们的课代表过来，总之就是营造出一种我一心为公、工作特别多的良好形象。渐渐地，同学们都意识到有点不对劲了，我平时这么忙，忙到一下课他们都见不到我人，为什么这个女同学还说我什么活都不干?

当然，有一些一直站在我这边或者保持中立的同学也起了不少作用，有的跟我约课余时间（比如放假）一起玩，或者平日聚会带我凑个热闹之类的。印象最深的就是一个同学，他属于跟谁都能玩得开，全班都是他朋友那种，前两年生日都没邀请过同学举办什么生日聚会，第三年生日直接办了场生日聚会，特意让我去，并且嘱咐我多跟同学们交流交流。

结果通过不断接触，同学们意识到，我压根就不是那个女同学口里所说的那样。

然后，这个女同学很快就被知道真相的其他同学孤立了。

总的来说，被孤立这件事对我并没有产生什么负面影响，相反，倒是教会了我很多，比如以后在与人交往的时候，一定要多交几个朋友，多与人相处。

还有最重要一点——“不信谣不传谣”。

听说也有很多朋友经历过类似的事情，我这里没有什么安慰的话，只能说未来还很美好，像这种事，只不过是生活中的小插曲而已，不要太过于看重。

至于那个女生的后续，也并没有怎么大快人心吧。在被孤立后，她的家长找我们班主任反映我班同学集体孤立她影响她学习——不得不说，她当时学习还挺不错的，至少一本是能上的，不过自从同学孤立她之后，她的成绩一落千丈，直接滑到二本边缘。班主任最后跟她家长说了什么我们不知道，不过自那以后，大家该孤立还是孤立，无论她怎么做——甚至有的时候是刻意讨好别人，同学也都只是表面应付一下。

后来这个女生就直接找我，问我是不是传她的谣言让班上同学孤立她。

我说没有。

此后这位女同学，像是着魔了一样，见人就说别信我的话，她不是我口中说的那样的人，我只是想报复诋毁她而已。

很多同学听了一脸疑惑。因为真相是他们自己发现的，我也没刻意澄清什么，至于诋毁这个女同学，我与同学、老师交流连她名字都没提过，何来我诋毁她这么一说？

于是她不作不闹倒没什么事，作了闹了，好多同学连面子上应付一下都懒得应付了。

高考前三个月，她家长过来给她办退学手续，理由是我们这些人都孤立她影响她学习，她要出去上那种全日制封闭式高考集训营。

其实说实话，当时我们班也有这种离自己目标大学还有点差距的同学报名参加这种集训营，他们走前我们都会利用课间时间举办一个小型的欢送会。

正如我所想的那样，这个女生走前，根本就没有欢送会。

而她却以为是有的，走前最后一天特意打扮得特别漂亮，希望至少最后能留点好印象。来到学校，等了两节课，我们下课后该睡觉睡觉，该学习学习——总之就是该干什么干什么，根本没有人理她。

后来我朋友，就是那个和谁都玩得开的朋友，跟我说，要不咱们两个出去，给她买点小礼物吧，毕竟也是同学一场了。

我同意了。

我买了一个文具盒，彩色透明的。

当时我自己也买了一个高三用着玩，只不过送给她的那个上面写的字是“金榜题名”。

我朋友则是买了一套文具，晨光的，放进了我送的文具盒里。

在我们趁着她没走把东西交给她时，她很明显怔了一下。

后来上课预备铃响了，我和我朋友也没说什么，就祝她如文具盒上面的字一样，然后就回座位了。

自那节课之后，我们所有人，就再也没有见过她，也没有听过她的消息了——

直到现在。

解释一下这句“直到现在”吧。

这个“直到现在”，是我从那之后就再也没见过她，也没听过她的消息，一直到了现在。

对，我到现在还没听过任何一点关于她的消息。

—— 好像现在没有了特别喜欢的人，也没有了特别讨厌的人，更没有了特别要好的朋友。

全职爸爸记事

母乳需要挤出来喂，不够加奶粉混合喂养，只有我一个人喂，其他人都不敢喂，因为喂到一半脸会变紫变黑，窒息。要很用力拍背，除了我，没人下得了手，长辈们更是看都看不下去。

我，直男，全职带早产两月的双胞胎儿子。

2017 年十一前后，我和老婆感觉应该是怀上了，收假后去医院做 B 超——双胞胎，单绒双羊。我们相视不语傻笑一天。

在了解我老婆身体情况后开始学习生育知识，发现不妙，双胎早产概率一半，剖腹产一半，一定概率双胎输血综合征（一个宝宝血多心脏衰竭，一个血少缺氧，撑到最后可能两个都没，所以几乎铁定早产，全国就两个医院能做干预手术）。

我老婆是前壁胎盘，先兆流产，早期经常流血，刚开始就得保胎，医生还开了中药。不过这个问题也很普遍，别做大幅度动作就会安全很多，日常生活要小心，通常到中后期会变成正常胎盘的样子。如果是前置胎盘，那就卧床不起吧。

同时查出是帆状胎盘，顺产胎儿死亡率最高的胎盘，那些丝状血管分娩过程中一拉扯很容易就断了，流出的是宝宝的血，一小杯吧，但就回天乏术。剖腹产会安全一些，这个查出来就安全了。

作为全职奶爸的我的通关之路正式开始：

第一关，胎心，过。

第二关，唐筛，过。

第三关，15 周血压高了。又开始疯狂学习相关知识。原来单绒双羊本来就危险，易早产，胎儿生长小，加妊娠期高血压，又加剧早产，胎儿没发育好就因母体血压会高到危及生命所以要提前剖，双重危险，预示宝宝极大可能体重过轻。

既然知道体重可能轻了，那就要提前做准备了。在 15 周开始，三餐饮食由我一手抓，每天蛋白质摄入量精确到克，正常标准日摄入量 90 克，双胎 120 克。牛奶、牛肉、鸡蛋变着法来做，西餐牛排中式炒焖蒸煮。任何添加剂一律过滤，所有食品，配料表有一个我不认识的成分就 pass，几乎就按健身增肌餐来安排，高蛋白低脂肪的结构，连哄带骗给老婆洗脑当药吃。希望胎儿体重尽可能地提高，这，是我们此刻唯一能做的。

如果是单胎，我多半就交给长辈了，随便他们折腾。但目前危险太大（三条人命），长辈只知道按 50 年前的方式来做，只会用燕窝重油鸡汤那些没用的东西使劲招呼。这时候不干预，等血压飙了，我怕我会后悔。所以长辈管我生活，我管我老婆的，严格分工，违规就劝退换人。一般父母刚来照顾我们，都会听话几天，后面开始折腾了立马换人，我妈和丈母娘，来回换，算是撑过来了。

中间光产检，就花了一万。是的，我要尽可能高频率地知道胎儿情况，来调整我老婆的日常饮食作息。得到宝宝体重长度在正常范围内的结果，就是对我们辛苦努力的肯定。

自己在家每天量两次血压，做表格制图，尽量控制调整，慢慢高到要吃药，慢慢高到增加药量，自己看也知道什么时候基本要去住院了。提前有心理准备。

2018 年 3 月中，医生建议住院待产。每天高频率监控胎心、血氧、血压。

住院后，老婆左手持续十几个小时吊着硫酸镁，为的是控制血压。血压白天 15 分钟测一次，晚上为了尽量不影响休息调成半小时一次。监测器就是病床旁边桌上的机器，我自己都会调了，如果超过预设值会报警，我就找护士。然后护士会很紧张，找医生过来，看是加药还是加大药量。因为如果抽搐了，要五到八个护士抢救。我为了解情况，还在网上找了护理专业的子痫发作抢救教学的视频看，理解了护士为什么这么紧张。

这时才六个多月。

就这样坚持到 31 周时，血压已经到达即将失控的临界值，剖了，一个两斤，一个三斤。儿科医生说“你们这个情况啊……”，我抢话说不算好，也不算坏，对吗？儿科医生说是的。我心里早就有底了，相关病例在网上扫了很多，一切尽在可接受范围内，B 超做得多，基本没什么意料外的事情。以老婆的这个情况看，宝宝的状况已经很乐观了，同时已经是母体发生不可逆的危险的极限了，多等几天，可能老婆就要去 ICU 赌生死了。现在宝宝的发育程度虽然不完美，但老婆已经不需要再冒险了。和医生精心计算后，算是回避了所有致命风险，同时宝宝的生存质量最大化。

本来和医生说好了，生的时候让我老婆看一眼宝宝，因为知道会在保温箱过满月。结果剖下来就推走了，因为都窒息了，先要抢救一波。然后她就在担心中进入了回病房的流程，在此期间我一直在儿科等宝宝的情况，我妈一个人陪着她。我故意这样安排，因为人多嘈杂，她自己承受这一切已经够累了，她需要好好休息，不需要任何声音，包括鼓励。直到五六个小时后我才回到病房陪她，她等到我回来才肯睡去。

没有大出血，没有母体的其他意外及后遗症。至此，妊娠期高血压关，过。

术后在家我变成护士，住院时护士那一套我早看会了，天天帮老婆清创换药，伺候月子。宝宝没出院，在家挤好母乳，冷藏好送到医院，医生会安排宝宝喝。母乳不够的时候，会喝母乳多的妈妈的捐乳。直到 20 多天后，医院通知可以去陪护一次大宝宝了，我就顺便向医生学习护理早产儿的注意事项，这里的学习非常重要。在医院陪护房，穿陪护服的老婆第一次见宝宝，抱自己的孩子，还不大会。之前戴在妈妈身上的监护仪，现在在宝宝身上了，此时小宝宝还在保温箱。

第四关，宝宝呼吸。住院住得早，知道要早产的，多半肺发育不成熟，所以给我老婆打足了两疗程促肺针，加上出生后一个宝宝一针促肺，情况还可以，很快就不用呼吸机了。呼吸关，过。

第五关，体重。在医院住院，到四五斤，就可以考虑出院了，大儿子一个月出了，小的近两个月。回家后，看清了宝宝全身上百个针孔伤疤。

母乳需要挤出来喂，不够加奶粉混合喂养，只有我一个人喂，其他人都不敢喂，因为喂到一半脸会变紫变黑，窒息。要很用力拍背，你在这个房间拍，隔壁房间能听见的力度，有时候拍不回来就用更大的力气（在医院陪护时，护士亲自教我们的，确定我拍正确了才罢休）。除了我，没人下得了手，长辈们更是看都看不下去。差不多一个月，大宝好多了，紧接着小宝出院了，再来一遍。在医院从一顿一毫升开始吃，到我手上一顿 30。一天 11 顿左右，吃十几口脸紫了就要停下来，看宝宝不呼吸了赶紧拍，好不容易吃好了，几乎顿顿吐奶，还不能补太多，医生说吃多了肠胃受伤可能几个月都恢复不过来。我严格按平均一天加两毫升的频率加。科学喂养，还是靠谱的，每天吃的时间规律，拉的规律，到七个月的时候，大的按足月儿来说，中等水平，小的按早产儿来说，中等水平。至此，体重关，告一段落。

第六关，各器官功能。

出生后，两个宝宝四只耳朵，听力全没过。在家摇铃铛，期待他们给反应。而我们包括医生，能做的就是听天由命。

好在大的三个月过，小的六个月过。

如果六个月还没过，基本要戴一辈子助听器了。

身体运动不协调，专业名词叫 PR。一手一脚动，另外一手一脚没反应。不干预会发育迟缓，骨骼生长畸形，晚走路，大脑发育落后。经过几个月的按摩，做运动，跑医院做康复，过。

动脉导管未闭合，卵圆孔未闭合，医生说一岁后再查，大部分宝宝都会自己长好，再关注。

视网膜病变住院查过一次，出院要再查。过。

第七关，大动作。在我的调教下，已经和足月儿差不多了，现在一岁，基本会走，抢他东西还知道躲知道跑了，已经甩同期住院的宝宝好远了。果然玩具就该只买一个，他们抢起玩具来，就什么坏事都会了。教其他的东西，一个学会了，另一个自然会跟着学会，还是比较轻松的。

至此，一年半，从老婆到小孩，已经尽我能力保护他们了。

目前准备带到三岁上幼儿园，长辈接送，我就可以做我自己的事情去了，两三岁把性格塑造好，省我后面二三十年的麻烦。

中间最累的就是抵制长辈的行为。她们很可怜，能力有限，心里想帮忙，手上做着添麻烦的事，之后自责，循环不止。所以除了去医院，平时就我一个人和两个宝宝在家，我连下楼丢垃圾都得速去速回。自己吃外卖。老婆下班回家有时做一套大餐让我吃一两天，她还负责给宝宝洗澡当亲子时间，洗完丢床上自己玩，自己睡。

因为宝宝习惯是我训练的，只要我在宝宝床旁边的懒人沙发上一躺，他们就能安心地玩一天。要长期观察确认他们在自己的空间里很安全，这样自己可以安心地在家做任何事。

解放自己双手是最重要的，你抱着宝宝不放，你什么都做不了，宝宝生活质量也堪忧，你放松了，宝宝才可能舒服。自己的生理优先级是高于宝宝的，先顾好自己，才能顾好宝宝，所以我很少没有目的性地抱。宝宝没有要抱的习惯，更没落地醒，他们能独处，内心强大，到睡的时间了就让他们自己玩，玩一会就倒头睡了。

从医院回家就延续医院的作息习惯，规律生活，避免了难喂、难睡、便秘、半夜哭等所有问题。每天有一定的时间躺他们身边，让他们在我身上或宝妈身上耳鬓厮磨，满足情感需求。按《育儿百科》来就行了，就这一本足够。

但凡有人给我兜底，我也会当甩手掌柜，甚至都不掌柜，但现在这个情况好像我就是那个底了，要求长辈学习早产儿护理常识太强人所难，时间短，知识量大，容错低，还要抛开个人情绪。没办法，我们只是做了能力范围内该做的。

而且现在带好孩子，以后多个帮手，总比莫名其妙养个怪物出来晚年反噬你要好。人生自我价值的实现，机会很多，但眼前都撑不下去，就绝无价值可言。

世间那么多风风雨雨，吹打得别人，就吹打不得你吗？根据现实情况，综合资源，长远计划，该怎么做怎么做。仅此而已。

看到这里大家可能觉得我很厉害，那我分享一个让我也献出膝盖的男人的故事吧。

宝宝还没出院时，在医院住院群里有一个人专门负责给所有宝爸宝妈解答所有问题，包括护理知识、喂养奶粉种类、是否要尝试深度水解、冲调温度……这都是学问。比如要用 70 摄氏度的水冲奶粉，这样才能杀死奶粉里的阪崎肠杆菌，它能引起严重的新生儿脑膜炎、小肠结肠炎和菌血症，死亡率高达 50% 以上。阪崎肠杆菌可令各年龄组别的人受入侵性感染，但新生儿（出生 28 天或以下）和不足 2 个月的婴儿，尤其是早产、体重不足 2.5 公斤和免疫力较弱的婴儿的风险最高。新生儿（尤其是早产婴儿）的胃的酸性较成年人少，这可能是阪崎肠杆菌可在婴儿体内生存的一个主要因素。

你说我们怎么可能知道这玩意儿，奶粉盒上说 40 摄氏度，就 40 摄氏度咯。但他一句话，一个知识点，又帮你回避了一个大危机，能救多少宝宝？他也只是一个普通宝爸，出院后我们自然都被踢出住院群了，然而因其才识过人，医生又把他拉回多个住院群，专门请他在医生忙不过来的时候，帮忙解答宝爸宝妈的问题。他的回答字字如金，有理有据，不但告诉你怎么做，还告诉你为什么，多次引用世界各国各卫生组织的研究报告，让你放心其不是信口开河。他自己说也是宝宝要早产，辞职在家当奶爸、车夫、保姆、护工、厨师。并且他各项技能都强我一个等级，我最多顾好自己，他能带领一个群的早产儿家庭走向健康，把医生的工作做了。我也就算及格而已，他才是优秀。

这里再补充一下，各位宝妈不用太纠结冲奶温度，宝宝不同时期着重注意的事情是不一样的。我们是早产低体重宝宝，风险高，我前六个月冲奶是要考虑阪崎肠杆菌的问题的。那时候不敢冒险，现在一岁了，通常吃带益生菌的奶粉，也是用 40 摄氏度水冲奶的。足月宝宝风险很低，并且通常只有少量批次的奶粉存在阪崎肠杆菌的问题，自己取舍就可以了。

关于全职妈妈我还有一个故事。

我一朋友，复旦毕业，英国留学两年，毕业后结婚，怀孕，生娃带娃，怀孕，带二娃。浪费社会资源吗？国家和家庭花那么多钱让她受教育，最后做全职妈妈？

然而，她的孩子现在一个六岁，一个四岁多，已经可以看全英文的课外书，学识、礼教、学习习惯、理解这个世界的能力，让一般人难望其项背，连她自己都自叹不如。对宇宙好奇就做天体实验，对学校体制有意见，就写信给校长并附带新建议的方案，这是一个六岁孩子哦。这几年我看她朋友圈，就是带着娃玩遍所有动物园植物园、游乐园画展、科技馆博物馆。妈妈的世界有多大，孩子的世界就有多大。你说我们把 iPad 往孩子那一丢，一天过去了，长大后我们的孩子可能连让自己快乐的独立生存的能力都没有。

我认为对于任何人，带娃这三五年，对自己的职业生涯的打击，绝对不是致命的，以后该上班上班，该创业创业，但这三五年你投资给孩子，回报的是三五十年的省心。后面这些年你因为孩子省心，避免了无数的麻烦，不就是想实现什么价值，都有时间和精力了吗？

现在，各位全职妈妈，你们理解了你们正在做的是对你自己的人生最有价值的事情了吗？

—— 好像现在没有了特别喜欢的人，也没有了特别讨厌的人，更没有了特别要好的朋友。

#“起底”已婚男

于是我就随手“人肉”了一下，结果点开一个隐约感觉和 B 相关的链接，发现是他注销的某平台页面，里面有些和某个女生相关的相片和链接。我就这么随手点，直到点开了一个婚礼视频……

女生们，在谈恋爱前一定要相信你那没有来由的第六感。

因为结果一定比你想象中还精彩。

和初恋男友分手后，我一度陷入深深的自我怀疑，封闭自己，拒绝任何和恋爱有关的可能。花式拒绝了各种亲朋好友的介绍以及各种场合认识的向我表达好感的男生，我又不是非常漂亮的那种，所以一般情况下，拒绝一两次，也就没有然后了。

然而，那段时间雪上加霜的事情让我掉入了人生更低谷：最疼爱我的爷爷去世，我膝盖意外受伤无法正常行走，与此同时前男友找了一个非常年轻的女朋友，他疯狂在各种平台秀恩爱。这一连串的打击，对我来说，像是在我本来紧闭的心门上，又加了 10086 把锁。

这个时候身边出现了一个男生，外地来我们当地挂职锻炼的，刚开始我都没注意到他。

这个男生，在这里就简称 B 吧，像个老朋友一样，嘘寒问暖，面对我十发九不回的信息，依旧保持着极高的热情。慢慢地，一段时间过后，我仿佛接受了“他是我的朋友”这种心理暗示，有时候不知不觉和他还能聊点心里话。

这个时候，女生的第六感开始隐约有点蠢蠢欲动了。我当时觉得，这么善解人意温柔的男孩子估计是很多个前女友培养的成果，但是他矢口否认，还给我说了他和前任的凄美爱情故事：明明相爱，却被强势的妈妈拆散，他一哭二闹三上吊的坚持无果，于是分手至今一直没有找女朋友，所以才来外地挂职，专心工作。他说得非常诚恳，我也就信了。

日子就这么平淡无奇地过着，偶尔他会说些有些暧昧的话，我都会转换成吐槽的玩笑搪塞过去，他也很识趣，说愿意等下去。我并不当真，甚至内心毫无波澜。

真正让我开始认真考虑我和他之间有没有可能的，是他带我去他朋友的单位，托人情找到了一个专家来给我会诊膝盖。在这个过程

中，他几乎带我见了在我们当地他所有最好的朋友以及领导，连他的老领导都跟我做担保，说这个小伙子对我特别用心，别错过了什么的。在这个时候，我心里的冰山好像开始慢慢融化了，对他的信任值上升到了60%。

后来我为了感谢他，请他吃了顿饭，同时叫上了我的闺密们，其实内心也是想让我闺密替我把把关。毕竟初恋的失败，以及后续发生的一切，让我无比怀疑自己的选择和眼光。结果就是，B得到了全票的好评，平心而论他虽然有点矮，大概173cm，但是长得不丑，很文艺，有衣品，有眼色，情商高，会说话。

但是就是在这种一片看好声中，我依旧觉得哪里不太对，迟迟没有答应他，也不接受他送的各种礼物。闺密们都一致认为我是创伤应激反应，疑心太重。我自己也开始怀疑，自己是不是有毛病，干吗这么警惕。于是，最后决定放平心态，试着和他出去吃吃饭，试着收他送的一些小礼物。

就是这个决定，间接让B这个隐藏非常深的狼人暴露了。

当时大家一起吃饭的时候，我无意问了闺密一句，市里哪有卖电动滑板的，想去试试，买一个回来代步，有时候开车没地儿停车太麻烦了。只是在饭桌上和闺密闲聊的这一句，让心思缜密的B听到了心里去。于是，他在网上给我买了一个电动滑板，怕我不收，就直接寄到我的单位了。然而这个店家有个非常贴心的服务，就是发货的时候会给收货人发一个短信，大概这种："亲爱的 ×××，您的宝贝已经由某快递押出，很快就到您身边啦！"

我收到短信的时候，看到这个淘宝名，愣了一下，以为是谁发错的。身边的好朋友问了一圈，都说不知道。于是我就随手"人肉"了一下，结果点开一个隐约感觉和 B 相关的链接，发现是他注销的某平台页面，里面有些和某个女生相关的相片和链接。我就这么随手点，直到点开了一个婚礼视频……对，婚礼视频……主角就是 B 和另外一个女生，时间仅仅是一年半之前。

我倒吸一口冷气。

这是电视剧剧情吗？！这么狗血？！

我深呼吸之后，开始发挥女生超出寻常的八卦天赋，翻到了 B 和他老婆的微博。

更毁三观的事情出现了。

他在这边对我各种献殷勤的时候，他老婆在家给他生孩子！养孩子！

讲真，我当时手脚都冰凉，一股子火气冲到脑门，就想立刻揭穿这个道貌岸然的伪君子真小人的面目，但是突然意识到，我差点"被小三"！差点！绝不能这么轻易放过他！就强迫自己冷静下来，开始翻他和他老婆的微博。他的微博完全看不出来是个已婚的男人，他甚至都没有给他老婆点过赞。而他老婆的微博，记录了怀孕到产子以及带小孩儿的各种点滴和过程，还有一篇关于产子前后的长文。那篇文章的内容，让我开始彻底冷静下来，我看到的是一个“丧偶式婚姻”中的女生，从怀孕到各种产检都是一个人，直到生产当日，她的老公还是借口忙，草草露了个脸就完事。这个女孩儿完全没有发现任何不正常，只是撒娇般地感叹了一下，原本以为进产房和电视剧里展现的一样，老公会吻一下自己的额头什么的，结果这些情节都没有出现。

看完他老婆的微博，我真的是震惊，这么文静温柔可人的女孩子，你娶回家就是这么作践的吗？甚至还有一张他不耐烦地把孩子放在脖子上，他老婆偷拍的照片，配文是“和爸爸难得的合影”。看完我心里突然酸了一下，这个女孩子爱得这么深沉，竟然完全没有感觉到任何异样。

还好，我本来也说不上喜欢他，对他态度也一直不冷不热，他并没有占到什么便宜，所以在真相来临的时候，被蒙骗、险些“被小三”的愤怒远远盖过了恋爱未遂的一点点伤心。

于是，我打电话给我闺密，一顿吐槽之后，决定还是相信“人贱自有天收”这句话，没有惊动他老婆。

我一整天没有回他信息，无论他短信微信电话怎么发我都不回。直到晚上睡觉前，短信回了他一张他举着孩子的照片，然后，拉黑他的微信，关机，睡觉。

不出所料的是，第二天一开机，他各种冗长的解释的短信来了。依旧没回。

后来他给我寄的东西送到了，我听快递说是电动滑板，就直接拒收了。他短信又来了，说了几句希望我能收下什么什么，只想做一个好朋友在我身边什么什么的屁话。我心里的白眼都快翻到天上去了，没搭理。再到后来，他在我生日那天发短信来问好，在某短视频平台各种留言（我猜是因为推荐“可能认识的人”这种神仙推送），我始终没理他。

全剧终。

课代表总结如下：不要不信女生的第六感。

有姐妹建议告诉他老婆。其实我也想过。可是，就我从微博上看到的内容来看，他老婆可能是因为怀孕生孩子辞职在家，目前他们家所有收入来源貌似只有他。告诉了他老婆，除了伤害他老婆和他女儿以外，好像对他并没有什么影响。

也有想过曝光他让他在单位混不下去。他是体制内，来我们当地挂职，可他带我见的那些人也都是体制内，甚至他还不止一次，当着我的面，跟他的领导和朋友打听有没有办法，把我调到他来的这个地方单位。所以我实在是不清楚，他到底是隐婚还是他那个圈子都是这种歪风邪气。

最后，由于他也没从我这占到便宜，被发现后我所有的回复只有一张照片，估计他到现在也没想明白自己是怎么突然暴露了的。看他给我发的那些解释和前言不搭后语的短信，估计他也慌得要命。

我希望他的这种不安和忐忑，能成为悬在他头顶的一个雷，时刻提醒他不要再动歪心思做伤害家庭和老婆的事儿。不然这个雷会随时劈下来。

这么想想，也算是出了一口恶气了吧。

最后的最后，希望所有的姐妹们都不会遇到这种垃圾。保持警惕、保护好自己的同时，还是要相信这个世界是有真善美哒。

愿所有姐妹都能嫁给爱情，幸福美满地过这一生。比心。

—— 如果我丢了你会找我吗?
—— 当然找啦， 谁家一百来斤肉
丢了不找!

—— 如果我丢了你会找我吗?

—— 当然找啦，谁家一百来斤肉丢了不找!

妻子把我从看守所里救了出来

我第一次见到律师是进看守所后的第四天，律师对我说，你老婆为你搜集了很厚的一本资料，非常详细，也很清晰，我们研究了一下，你不用太担心。

我人生最不后悔的事情就是娶了我老婆。去年 8 月末，因卷入一桩经济案，我在看守所生活了 35 天。经过这件事，我庆幸我娶的老婆是她，她把我从看守所里救了出来。

第一天是在派出所铁凳上度过的，第二天夜里被送进看守所，新人会被安排在过渡舱以适应看守所的生活节奏，十来天就会被转送到逮捕舱。这里说的各种“舱”就是在押人员平日起居的范围，约两间中学教室那么大。

我刚进去的时候是晚上睡觉时间，三四十人紧挨着躺在舱室两

边的通铺上，通铺用木板做成，没有床褥，没有枕头。厕所是开放式的，就在通铺尽头，不管是大便还是小便，只要别人愿意，都能一览无遗。

按照进舱顺序，我的床位在通铺一端，一躺下来我就止不住想念老婆。失去行动自由就意味着失去了向外界传递信息的能力，当然也得不到任何消息。昨夜无法回家陪在老婆身边，今日也一样。我没有夜不归宿的先例，担心她承受不住，更担心她不清楚我处境如何，身在何处，爸妈那边呢，还不能让他们知道，压力暂时只能给老婆独自承担。

三四十个大老爷们儿共居一室，南方的夏天，没有空调，闷热难忍，呼吸不畅。床板是烤鱿鱼的铁板，后背湿透了就翻个身，侧面湿透了再换回背面，不消几分钟，单薄的上衣就能拧下汗水，再用几分钟，牛仔裤的裤腰也能被汗水浸透。与常人想象不同，尽管环境大不宜居，我还是在胡思乱想中快速入睡了。

第二天醒来，我没有办法接受自己进了看守所这一事实，心里一遍遍地质问自己，我怎么会在这里？这种对处境的质问，在接下来的日子愈发恳切。每天中午醒来，对家人思念最为峻切，这思念与眼下无边的不确定性缠绕在一起，绝望就铺天盖地地压了下来。不确定性就是对未知的惶恐，不知道要在这里待多久，是三天五天，是三个月五个月，或者是三年五年？

直到见律师才知道，我进看守所之前，老婆已经在外面奔波了，她掌握的消息也远多过我，确切地说，她整理出厚厚一本材料来证明我无罪。

出来后我问老婆，你为什么那么快就了解了案情？她骄傲地告诉我，是她哭出来的，哈哈哈。

原来，被派出所传唤当日，公司就通知了相关家属，老婆了解基本案情后即刻开始找律师。有好心的律师提醒她，要先拿到刑事拘留通知书，搞清楚罪名是什么。她带着身份证、结婚证只身前往派出所，希望办案人员把刑拘通知书给她，但事情并不是很顺畅，警方的意思是把这个通知书邮寄到我的身份证地址，她等着收就是了。

老婆心里清楚，这一寄，十天半个月就过去了，对我很不利。老婆不放弃，她马上查资料、询问律师，和警察摆事实讲道理，苦口婆心却不见效，就站在派出所哭，不是大哭大闹那种，就是一直站着小声哭泣不肯走，眼巴巴地看着办案人员整理资料。最后对方终于放弃了，同意让老婆带走我的刑拘通知书。她是这个案子里第一个拿到通知书的，这为我尽快摆脱嫌疑赢得了宝贵的时间。

我第一次见到律师是进看守所后的第四天，律师对我说，你老婆为你搜集了很厚的一本资料，非常详细，也很清晰，我们研究了一下，你不用太担心。

其实，只要能有负责任的律师帮我申辩清楚，我就不担心自己做的事情。我担心的是钱和身体，这半年来老婆因为中度躁郁症休养在

家，接受心理医生治疗，我进去之前她已经恢复得不错了，能按时睡觉，也不会过早醒来，醒来后也不再被巨大而又漫长的失落感困扰。至于钱，我们去年才结婚，储蓄很少，我进去后家里就失去了经济来源，我担心她生活拮据。

我与老婆是大学同班同学，大四在一起的，相恋 6 年，相识近 10 年，我心里想什么，她都知道。律师差不多每周都会来看我，是老婆要求的。在里面十七八天的时候，律师又来看我。我问他们，我老婆精神状态怎么样？他们说，看起来还不错，而且特意传话给我，她在找工作了，准备答应原来公司的邀请，躁郁症经过复诊，已经痊愈了，让我不必担心。我久久说不出话来，再过几天就是老婆生日，我请律师传话给她，出来后一定补过，祝她生日快乐。

说起来，我和她很有缘分，生日隔一天，都是一起过的，今年按照我的生日过，明年就按照她的生日过，所以我在看守所完成了 30 岁的“成人礼”。

律师每次来见我，老婆都会跟着，但她不能进来，只在门口等。她说虽然看不到我，但还是想离我近一点。第一次来老婆就带了足够的衣服给我，以后每周她都会送一件来。是的，每周只送一件，风雨无阻。我明白老婆的用意，暗想夫复何求呢。同舱室有人问我，为什么你家人每次只送一件衣服过来？我说，衣服是老婆送的，第一周就送齐了，接下来每周一件是为了寄托相思，不是为了穿。

按理说，如果我没有被送检，会在30天内出看守所，但30天过去了，我还在里面待着，我心里十分慌乱，老婆在外面比我还慌。那几天她天天蹲守检察院，只要有人来送材料，她就跟上去看有没有我的，全然不理会其他人的眼光。不幸的是材料终于被她等到了，她一个人在广场上失声痛哭。我想，那一定是她最无助的时候。

擦干眼泪还得继续战斗，她分析，一是当前的律师没有出力，二是法律意见书没有抓住重点。老婆当天就与一位颇有声望的律师见了面，并立即确定了委托关系。新律师第二天就来见我，问得很详细。后来我知道，在老婆的恳求下，律师回去后连夜写了补充意见。事实证明，老婆更换律师是及时的，因为我在最后一天晚上十点多重新获得自由。最后一天的意思是，过了夜里12点，我如果没有出去，就会被逮捕。

走出看守所大门，老婆和爸妈早早地在外面等了，我很开心，没有哭泣，也没有伤感，只是有些内疚，能出来全因他们的操劳、挂念。爸妈因此事从1000多公里外的老家赶来，为了律师费东挪西凑，平日里不怎么出门的岳父母也一齐过来，他们拿着自己的全部积蓄，弟弟从公司请假一起找律师。但这些是另外一个故事了。新的一年，我会好好工作，努力改善他们的生活。

—— 如果我丢了你会找我吗?

—— 当然找啦，谁家一百来斤肉丢了不找!

第一次见面就在我车上睡着的异性室友

我们都很有默契地不去太深入了解对方。就像围住花园的一堵墙，推倒迎来的可能是更辽阔更美丽的风景，也有可能是严酷的暴风雪。

时间：2017 年冬季　地点：成都

当时我刚到成都工作，急需找个住处。后来从我爸那儿得知我大伯在锦江区有一个套四的房子空置了很长一段时间，说是可以让我搬进去住。

这种事儿其实我一开始并不知道。说来也惭愧，大概性格原因吧，从小死读书，两耳不闻窗外事。可能这也成就了我现在处处被女孩子指着鼻子骂我是“钢铁直男”的性格。

反正不管怎么说吧，住处的事儿好歹有着落了。最后我是以每月 500 块的价格从我大伯那边租下了整个房子。

其实我大伯一开始根本没打算要收我租金的，只是在我强烈的要求下才收了我 500 块钱。

当时的我并不富裕，说是最落魄的时候也不为过。因此我的想法是把剩下的几个房间拆分租出去，这样还能给我增添不少收入，足够我熬过去了（大伯已同意）。

于是就开始发布房源信息，不久后便有人咨询，加了微信。是个女孩，头像是一只很奇怪的狗。

我给她看过房间图后，她说不真实，说要抽空亲自过来看房。

我为了提高成交率，问需不需要我开车去接她。她倒也不见外，说要！本以为，最远不过几公里，我看了定位才发现她居然在师范大学，龙泉驿区！郊区！我在一环，她跑七八环外去了。坐地铁我估摸着都要一个多两个小时吧……无奈！

既然答应了，硬着头皮也得去接。不过话说回来，还是有很大的机会成交的。我太需要这笔收入了。

等我到了约定地点，给她发了微信，却是半晌不回，我再给她打电话，未接。于是我就在师范大学校门口从下午两点多等到了傍晚五六点。在此期间我还下车在校门口的小吃摊上吃了点东西，一坐就是一下午。也再次给她打过电话，依旧未接。发过微信，同样没回。

我不肯放弃。就在我无比懊恼地盯着聊天框，犹豫着打算回去的时候，终于！她回我了。

那时候快六点了，聊天框上方显示对方正在输入……“对不

起！”“对不起！”

……她一连发了四五个对不起。

“……”我表示无语。

“对不起，我刚才睡着了。”

说实话我挺难受的。你好歹说你有事儿我也不至于这么难受啊，怎么就是睡着了呢？我在心里默念：一切为了成交，一切为了成交……

当时天色渐渐变得模糊，我给她打了电话，问她：你还去看房吗？

她说去，一定去！还特意强调了几遍。她这大概是在弥补我？

我问她：“就你一个人吗？”

她说：“嗯嗯！一个人。”

我说：“到市中心估计要八点了，一去一回会很晚，你一个人敢去吗？”

没想到她回复我的是她已经出门找我来了。

我挺诧异，同时也挺高兴。被人信任的感觉还是很不错的。

我在车上等了十来分钟吧，发现车前突然多了个戴着眼镜、背棕色双肩包、穿着白色加长修身羽绒服的黑长发女孩儿，在那踮脚左顾右盼地找着什么，又时不时看下手机。直觉告诉我，就是她。

我“嘀嘀”了两声。谁知道她看了我一眼以为挡着我车了，往后退了两步，继续埋着头给我发信息问我你在哪……

我无奈下车，走到她面前。看到她的正脸我才发现，她不仅身材很好，长得也很漂亮，五官几乎没有什么瑕疵。皮肤白得可以说是透明的，我隐约能在她的脸颊上看到青色的细小血管。虽然穿着很臃肿，但我看得出来她很瘦，腿很细，并不算矮，穿着紧身牛仔裤，配上一款不知道啥牌的运动鞋，显得朝气蓬勃。看得我竟一时语塞，说不出话来。

她瞪大了眼睛冲我眨了一下，我才回过神来翻出手机给她看了下聊天记录。

“啊，是你！”她高兴地大叫起来，笑起来露出两个浅浅的酒窝，我老脸一烫。

“上车吧！”我故作镇定朝车门走去。我以为她会坐后排，结果她直接坐在了副驾驶上。

她一上车，一股幽幽的清香扑鼻而来。我下意识瞄了她一眼，她的侧脸很精致。后来她跟我说那不是香水，她从来不喷香水。我也不知道这香气儿哪来的，不禁感叹女孩子这种神奇的生物……

在车上我们聊了挺多。主要是她话挺多，全程始终保持着三句一笑的风格。

她说她刚毕业没多久，音乐专业的，准备去市中心工作。

我说咱俩是同一届的，但我毕业于外省。她很激动，说茫茫人海遇见同一届的实属不易，接着跟我说了些什么时光荏苒大学四年过得好快啊！岁月什么杀猪刀啊但是她依旧青春永驻风华永茂啊的无聊碎语。聊了挺多，我记不太清晰了。

初步聊完后她对我也算是有了一点基本的信任和了解，这为我们

达成合作打下了坚实的基础。

后来车开到半道，聊着聊着她就没声儿了。

我侧过头瞄了一眼，她居然在我的车上睡着了……她睡着了！她居然在一个几乎等于陌生人的人的车上睡着了！而且还睡得很熟。她胸口微微上下起伏着，伴着微弱的呼吸声。我当时心里一阵感叹，这貌似是我自懂事儿以来第一次这么近距离地看一个女孩子睡觉……我这要是个坏人她不就坏事了……

夸张地说，我当时都有种想当个坏人的冲动。当然了，我并没有失去理智，只是给她把座椅往后调了调。

看了房子之后，她还是比较满意的。我也没把租金说太贵，想着她刚毕业工作嘛，万事开头难，能照顾就照顾。毕竟这种事我自己也是深有体会。

500块钱，20平方米左右，主卧带卫生间，还带个小阳台，精装修。水电气两人均摊。成都本地人都知道，她捡到大漏了。

谈妥后，我便送她去了最近的地铁站。

分开之前我问出了心中的疑惑：“你为何能在一个陌生人的车上睡着？你也不带丁点儿怕的？”

她的答案令我吃惊。她说她也知道不能睡觉，但是路途遥远，她又困得不行，看我也不像恶人，后来迷迷糊糊坚持不住就睡过去了……我……大概从这个时候起对她就产生了一种保护欲。

在我看来，她连基本的安全意识都没有，让我一度怀疑她是怎么平安长这么大的，她爸妈该有多操心她啊！

几天后是她的乔迁日。这回我长记性了，我问她需不需要我帮她运行李，果然不出我所料，她礼貌性推辞了一下。我便点到为止，立马开溜。毕竟当时的我油都快加不起了。

后来她自己叫车把行李运了过来。听到有人敲门，我就知道她来了。

打开门，我便看到了一堆大大小小的行李堆在门口。她正在和帮她搬东西的司机（可能是）道谢、道别。

同时，我注意到她怀里还抱着一只不知道是啥品种的丑狗，后来才知道叫什么阿拉斯加，说是拿来拉雪橇的。我看着她抱着的狗，愣是半天才憋出一句话："你还养狗啊？"

同时脑子里浮现出她的微信头像。

她抱着狗一脸无辜地瞪大了眼睛站在门口，稍显尴尬地对我说："你是喜欢狗的对吧？它叫嘟嘟。你看多可爱！"说完还摸了摸狗头。

说实话我对狗是真的没什么好感。在我眼里养狗就等同于养了个儿子，要照顾它的吃喝拉撒，还得纵容它拆家，当祖宗供着它。提前当爹当妈什么的我可不愿意干。

而且我之前喂野狗的时候刚被一只大狗意外咬过，因为这个还打了几天的疫苗。

被咬后，不说对狗有心理阴影那么严重吧，总归对这个东西是喜欢不起来的。

"之前可没听你说过你还养这玩意儿啊！"

她确实没说过，否则我压根就不会去接她看房，在微信上就拒绝了，根本就没有后续了。

“咋了？你不喜欢啊？”她急了，连忙解释道，“这个是我室友的，她暂时回家了，就让我帮忙照顾一下了……也不行吗？就几天！你放心它很乖的！”

……

“……你先进来吧。”这么多行李都搬过来了，即便是她自己养的狗，貌似我也只能认栽了。

“好嘞！”她一秒变开心，拖着个行李箱灰溜溜地从我旁边儿溜进自己房间去了，生怕我变卦似的。

这样一来，她就算是正式入住了。

我和她的故事就从这儿开始。

之后几天，我工作都比较忙。几乎每天都是公司、家两点一线，每天回家经过客厅也从未见过她。我心想也正常，她是教钢琴的，每天晚出早归。而我不一样，做环境设计的，几乎每天都得加班，一个正宗的 995，比 996 好那么一点。就算回了家，还要继续闷在房间里作图。她这么个嗜睡的人估计早就睡死在床上了。

直到某天，我下了个早班，心血来潮在超市买了点菜，想在家煮顿火锅抵抵寒流。回到家的时候大概六点，我心想她应该还没睡，便去敲门让她出来一起烫火锅。

谁知她压根就没在家。或者说这几天都没在家？

我翻开手机，打开和她的聊天框，上面的聊天记录冷冰冰地定格在几天前我给她发定位，她回复了个“OK”的表情包上，自此再没说过一句话。

我觉得有点不对劲，这不像她，她的性格我大概也了解了点，简单概括就是积极乐观的蠢话痨。我就发消息问她在哪，让她来吃火锅，发完便放下手机到厨房里忙活去了。

忙的间隙我看了眼手机，没回。

等到收拾得差不多了，我再看了眼手机，依旧没回，索性打个电话，谁知电话关机。这么一个大活人说联系不上就联系不上了。

脑子里闪过一个念头，她是不是临时变卦了？可房租也交了，东西也搬进来了啊，我貌似也没做什么让她不开心的事儿啊……脑子里乱七八糟的东西统统浮现出来。

是不是出事儿了？她长得就不安全！人又蠢得不行！我有点慌。

电话关机，微信也不回，谁都有有急事儿的时候，但提前说一声就这么难吗？

我开始“脑溢血”，但半点儿没想过要报警。

那天的火锅，我一个人吃了两人份的，有点撑。

饭后，我跑到客厅画起了设计图。当时可能有种等她回家的意思吧，可惜没等到。

第二天，依旧没联系上。

第三天，也是同样的剧情。

我越想越恼火，很烦。那几天我还失眠了，彻夜失眠。我不明白从小到大从未失眠过的我为啥会这样。她就这么消失了？我有种想责

怪她的意思。不！想骂她！这人太不负责了！

有人说为何不报警。说实话，我没想过报警，脑子一片空白。

也可以理解为我这个人脑子缺根筋。现在回忆起也是细思极恐，万一她出了啥事儿呢？万幸，她人啥事儿没有。

第四天上午，我接到了她的语音来电。我如释重负！没错，是她。

电话里，她的声音听起来有些委屈难过。我有些嗔怒地问她：去哪了？玩失踪啊？她说她去学校拿书，结果把包遗落在什么地方了，被人顺走了。手机和所有证件银行卡都成了牺牲品。于是她找学妹借了点钱，这几日都在到处奔波补办她的证件。

我说："你可真行！这几天住哪呢？"她就说她住在小学妹那里。

听到她说她住学妹那里我莫名松了口气，还以为要跟我说什么住男朋友那里了。

当然了，丢失手机这个理由并不足以化解我恼火的情绪。我用有些怪罪的语气问道："那你家人通知了没？"

她沉默了片刻："通知了！我记得我外婆的电话，借手机跟她联系过了。"

"那你怎么就不知道给我打个电话呢？知不知道我失眠三天三夜没合眼啊！我工作一塌糊涂啊！能不能负点责？"我说她了。结果她仿佛更委屈了，说她把电话卡补办了就立即微信电话联系我了，因为记不住我的电话号码。

听完我瞬间觉得自己真不是个东西，连续三天的彻夜失眠让我每天工作如同在梦游，负面情绪让我智商为零，竟忘了她没我号码，还想责怪她！遇到这种事儿，她不也是受害者？她不也很委屈难过吗？我到底凭什么责怪她？或者，我凭什么关心她？

我就不该失眠。

“……以后有什么事儿跟我说，我可以帮你。”说了这话我立马就后悔了！（当时的我能帮她什么呢？把我仅有的几百块钱借给她？）还好她也没有让我帮什么，不然我只能吃土了。

“对不起，联系不上我害得你无心工作了……”

“想多了你！人没事儿就好！你要回来跟我说一声我开车去接你……”

“好！”

这件事简直就是一场闹剧。为了给自己赎罪，我花了周末两天的时间开车带她去把剩下的一些事情处理完毕。

原先她是拒绝的，说没必要那么麻烦，我说我周末正好无聊，她才同意。处理完之后，我从她的身份证复印件得知她是重庆人，重庆啊重庆！传言是个盛产美女的地方！而颜值的代价莫非就是智商缺陷？居然还能把背在身上的包包给弄丢了……

所以我一开始对她的印象分，除了颜值算加分项其他的都是扣分项。在后来的合租生活里，我发现她挺喜欢做饭，厨艺也相当不错，就是做饭太辣了，感觉她煮的白菜汤都是辣的。有很多次我都看到瘦弱的她在厨房里，穿着单薄的睡衣，撸起袖子和一条生命力顽强的大鱼做殊死搏斗，或是跟一块鸡胸脯。我见了一般不予理会，半小时后

她便会来敲我房门。

“包租公！来一起吃饭不咯？！我煮了两人份的。”刚开始我态度很坚定，假惺惺地说吃过了，要不就说没胃口。然而她几乎每天都要做饭，而且每天都不忘叫我。

几天后我绷不住了，因为我的钱包已然是瘦骨嶙峋。跟她那儿收的500房租也就刚好补上我给我大伯的那500，在公司顿顿吃泡面。

同事见我每天如此，开始问我：“哟！阿轩，减肥啊？”我减什么肥啊！我还有肉可减吗？回家还好，可以在楼下吃碗八块的炒饭再上楼。结果每天回家都发现她在做饭！还挺香！

可怕的是之后我连炒饭都吃不起了，只好在楼下超市买了一箱泡面，离发工资的日子还挺远，准备打持久战。

有天，我很晚才回家，她似乎睡了。我泡了面，正准备开吃，她突然开门进来了。原来她才到家！看到我在吃泡面，她一脸难以置信：“你咋个在吃泡面啊？冰箱里面不是有排骨吗？你热一下嘛！大晚上吃这个！你怕是想死咯！”这是她第一次跟我飙四川话，我有点懵，便草草敷衍道：“我赶时间作图，吃泡面没啥不好的。”

她白了我一眼说：“别吃了，想在你面前炫耀一下本仙女的厨艺怎么就这么难呢！停停停！你别再吃了！我要做饭，等我一起吃。”她说着把我面前的泡面端走倒进了厨房垃圾桶。

我一脸茫然失措，木了半天。回过神意识到已经11点半了，都这么晚了，让她一个人忙活也怪不好意思的。

我走进厨房：“来一起吧！我也会点儿。”便开始自顾自地洗起菜来。“算了吧你！你不画设计图呢么？你忙你的啊，我也还没吃饭呢，别多想。”

“没事，我画图不着急。”

“好吧，随便你。”

“嗯！”

这大概就是所谓的尬聊。有那么一两分钟的沉默，然后她打破了僵局。

“其实以后我可以每天给你做饭的。”

听完她的话，我的心起了涟漪，但见她切菜切得很专注，我怀疑她刚刚是不是在胡言乱语。

“为什么？”

“什么为什么？”

好吧，她就是在胡言乱语。我就说嘛！能遇见这么漂亮的租客，已经把我近几年在女人身上的好运都消耗殆尽了吧！我岂能再有别的想法。

“你没听说过吗？男主外女主内，我还等着你事业有成给我减租呢，而且，我胃不太好不能一直在外面吃，给你做饭也只是顺便而已！”她振振有词地强调道。

“行！等个百八十年吧，我工作可能就有起色了。”

“讲真，不开玩笑，我知道你大伯这个房子你 1000 多都可以很轻松租出去的。所以，既然都是刚毕业嘛，就要你照顾我，我照顾你的。其实，我没你想的那么穷！我可是富婆！”她得意地笑着说。

“你什么东西？富婆？”我皱着眉头再次确认。

“哈哈！没有啦。就是我听我学姐说毕业之后工作很难找，开销大，所以我大四一年时间基本都在做兼职，攒了不少钱嘞！”

“噢！厉害！”我面无表情朝她竖起了大拇指。

“所以，以后我就是你的靠山啦！作为你的靠山，我不允许你出现吃泡面这种有损我名誉的行为！”

听完后我羞愧不已，老脸滚烫。她好像已经知道我吃饭都难了？怎么知道的？没道理啊！但羞愧之外，更多的是感动。

“以后不要吃方便面了，这个营养不均衡。你饿了就看冰箱有没有吃的，没有的话我在家就给你做。但是我也是有要求的……”

“什么？”我一脸疑惑。她放下手中的活儿，转过身来笑看着我：“你以后要承认我是仙女！哈哈！”

“……”我承认我被她逗笑了，但我佯装不屑道，“那我是不是得把房租给你减到250啊？”

“那倒没有必要，251！省得难听，哈哈哈！”

“38吧！”

“真的？”

“切菜吧你！！”

那是我第一次和她一起吃饭，她吃了几口菜就说饱了、困了，回了房间，留我一个人吃了好几碗饭，完全顾不上辣了。

从那天以后，我得了一种胃病，为了不让我发病，医生说我只能吃软饭。

记得有次，同样是在厨房做饭，我同样跟着她忙前忙后。

她拨弄着平底锅里的煎蛋，问我为什么一开始不愿意吃她做的饭，现在我后悔了没。我一时不知该怎么回答。

没等我回答，她突然又想起了什么："哦天！我忘了！帮我把那个围裙拿来！啊！我的衣服啊！溅好多油了。"

我便立即给她找来了。

"你帮我穿上，我手腾不开！"她戴着手套，好像是不太方便。我说行，然后站在她身后，把围裙绕过她，轻轻一甩，不料拇指不小心蹭到了她的脖子。我描述一下，第一感觉她脖子有点烫，但很柔软。她条件反射一下子把脖子缩起来："啊哟！别碰我。你手好冰哟！！"

"我不是故意的，抱歉！"我很慌。

"我知道，我知道。没事，你能不能吃辣？"她倒是显得蛮不在意的样子。

我站在她旁边，和她离得非常近，看着她认认真真地扒拉着锅里的菜，我忽然感觉这一切都太过和谐。我生平第一次感受到有个同龄女人陪自己过日子的感觉，甚至有了一些前所未有的经历，比如我无意碰到了她的肌肤……好像一切早已注定，是命运把她送到我身边来。

我开始憧憬自己的未来，甚至把她也安排进了我的未来。成家以后，就是这样的一种生活状态吗？或者，她会成为我太太？我的脑子开始不听使唤，思想无尽遨游，遐想翩翩起舞。

等回过神来的时候，她正举着小手在我眼前挥。

“喂！你怎么啦？！没事吧？！我问你能不能吃辣？”

她笑得合不拢嘴，脸已经红透了。

“哦哦！能！能！能吃！”

抱歉，我失态了。

但是她做的菜，好辣……好辣呀。不明白我为什么要说我能吃辣？？？

再后来，我的经济状况也慢慢好转了，于是承担起了买菜的任务。

随着了解的深入，我发现我对她有很多误解。

比如她不喜欢宅在卧室，只要一闲下来就坐在客厅沙发上看电视、打游戏，要么就是户外逛商场购物。

一天也就是睡觉的八小时会在房间里待着。

而且她还很能吃。

这个“能吃”仅仅体现在吃除了正餐以外的所有食物上。

她每天下班多少都会带一些吃的回家，有时候是水果，有时候则是膨化薯片。多半时候是零食。

一开始她把零食都放在自己房间里，后来可能是放不下了，就开始往客厅摆，还时不时邀请我和她一起消灭。

处女座的我看到客厅堆的零食越来越多，越来越乱，很难受。让她自己收拾无果，我就全给她收拾了。

我还曾调侃她，你这胃病莫不是吃零食吃坏的哟！戒了吧！

结果她白了我一眼，幽幽来了句："咋了！你长大了？有自己的想法咯？开始管我咯！"

我越想越觉得不对劲！本想追究，结果她哭丧着脸来一句："哎呀，我肚子好痛。"

只得又一次不了了之。

说起肚子疼，想起接下来要讲的这件事儿，我简直脑壳疼。

在此之前，我对女孩子口中描述的"大姨妈"，唯一的"认知"就是"下半身血流成河"，并不知晓"来大姨妈"这个东西还会伴随着各种各样的不正常指标。

直到那次放假，我在家宅了几天。第一天中午，我出来准备做午饭。路过走廊时隐约听到她房间传来一阵凄惨的哀号。

我敲了敲门，问了句："你怎么哭了！怎么了？"

不一会儿，她穿着睡衣弓着背开了门，一只手还捂着肚子，抬起头一脸憔悴地看了我一眼。我看着她病恹恹的模样，愣住了。

"你怎么了？"

"我没事，我没哭啊！你不上班吗？"

"不上。"

"那刚好。哦不！你要出去吗？"

"不出去！你胃病犯了？"

"不不不！你现在得出去一趟了。"

"出去干吗？"

"这些钱你拿着。苏菲，十片两用装！去超市帮我买一包。"她摊

开攥着的拳头，给了我两张零钱，从始至终一直低着头。

“……你又买零食？”

“卫生巾啊！”她摆出一副要哭的表情，刚刚还苍白的脸此时已红到了耳根。

“哦哦，啊？卫生巾！”我瞪大了眼，支支吾吾说道，“现在那个美团……有这个服务！你不如叫个外卖让他给你送过来。”

我记得美团有这个服务，虽然我也不确定。

“好吧！其实我就是胃疼！你去超市帮我买一包两用各五片的苏菲。它是胃药，但别去药店，去超市买。我肚子……疼。”她开始捂着肚子蹲在了地上，低下了头。

“好的好的！”我当时着实被吓蒙了。虽然我心里明白她就是想让我给她买卫生巾，我也承认我不想去超市买，但是她都痛成这样了，我只能硬着头皮去了啊！

慌慌张张跑到超市柜台。她说……什么菲？最后还是发微信问的。她回我，苏菲！苏菲！苏菲！我这辈子怕是很难再忘记苏菲这个卫生巾品牌了。

现在回想起来，确实还是挺有意思的。

那天非常暖心的是，超市的大姐专门给我找了一个黑色的塑料袋。可能是因为付款的时候我的脸色实在不好看，成功引起了她的注意……

那个假期我不仅认识了苏菲，还了解到一个女孩在面对生理期的时候是如何从一开始的逞强工作，到被疼到只敢躲在房间里的。

给我的感触颇深。女人啊，真的不容易！

还记得那年底是《战狼 2》热映的时候。

我个人是比较喜欢这种阳刚正气的电影，在朋友圈看到《战狼 2》好评如潮，一直想抽空去看，只是工作时间有些冲突。我还特意为此发过一个动态。

终于熬到了周五下班，我习惯性打开手机，有几条未读微信，是她给我的。

当时是晚上八点半，消息是她在六点多发给我的，原话是这样的：“包租公？下班没？日常不接电话？”

“我待会儿想去买个东西，你陪我去看看呗！”

我给她回复：“才看到，还来得及吗？”

她秒回：“那你现在过来吧！”

接着我收到一个位置，在春熙路。

我们公司离春熙路也不远，不堵车十分钟就到了。

我快到的时候，看到她正站在路灯下，便趁着等绿灯的时间多看了她两眼。那天她长发披肩，戴顶鸭舌帽，上身穿着白色加绒大衣，里面配的是一件雪白色的高领毛衣，下身超短裤搭配肉色保暖丝袜，穿棕色长筒高跟靴，提着包。这身打扮配上她白皙的肌肤、出众的身高以及完美的身材，让整个人显得凹凸有致，气质非凡。不知道的还以为是哪个一线明星大驾光临呢！

我看愣了。

“嘀——！”

“嘿！你还走不走？你开的什么车啊！”

“哦！走走走！抱歉！”原来都绿灯老半天了啊。后面这大哥脾气有点暴，都开骂了。

过了路口，我又瞄了她一眼。在外面和在家根本就是天壤之别！在家要多邋遢有多邋遢！这一出门秒变女神。呵！女人！

把车停好，朝她走了过去，突然看到不远处有一个背单反的男的，像在拍她。我暗自不爽，也不知我这不爽劲儿到底从何而来。

“嘿！你想买什么？去哪里买？”我把手搭在了路灯杆上，挡住了她的脸。我让你拍！

这时我才发现她今天化了淡妆。

这是我第一次见她化妆。又或是因为冷，她脸蛋红扑扑的，涂的口红也恰到好处，女人味更浓了些。不得不承认，女人化起妆来是真的好看！

“我不晓得买啥子，因为是给男娃儿的礼物，所以就喊上你了噻！走，去那边！”说完，冷不丁抓起我的手就往太古里的方向走去。

她的手指修长，没做美甲，有点冰，很柔软。

大冷天在外面等了我这么久，我有些于心不忍，同时也很疑惑，为何她这么轻易就牵了我的手？她这么随便的吗？

“喂！还挺远呢！开车去啊！”说话间，我自然地挣开了她的手。没别的意思，想证明自己不是那种随便的人罢了。

“没事啊！逛街嘛！逛着逛着就到了，说不定还能看到合适的东西呢。”她低头看了一眼被我挣开的那只手，尴尬地笑着说。

我有些后悔，暗骂自己不是人，说不定是她手太冷了。不过……她刚才说是给男的买礼物？莫非她有男朋友？或是给我准备的？这家伙，该不会是给我准备的吧？不然啥情况？她也没说过她有男朋友啊……到底是谁呢？

结果……还真不是为我准备礼物。当然了，也不是给什么男朋友准备礼物。她说是给她弟娃儿买的生日礼物，高三党。这个结局我还算满意！

她问我买啥好。我想了半天，建议她买一块手表。不贵，还实用。

想起我高中那个年代……做梦都想要一块表，可根本没人送。

听完我的建议，她也觉得比较合适。而且，之后逛了许久，再没找到比手表更适合高三党的礼物了。

后来买了一个1000块出头的卡西欧。她看起来也挺期待她弟弟收到礼物后的样子的，因为我注意到她好几次把手表从包里拿出来仔细端详，还傻笑，一看就是老半天。好像她透视眼似的……还隔层盒子呢！姑娘！

这时，马上就要到十点了，各大商城都陆陆续续开始闭店了，我单纯地以为结束了，可以回家睡觉了。

“OK！既然买了，那么回家吧！”

“谁说的？你不吃饭啊？你还打算回家做饭啊？今晚我可不做。

这么晚了，你也不怕邻居投诉你。再说了……电影还没看呢……”她走在我前面，说到看电影时我很清楚地听出她声音明显压低了不少。

“电影？！”

“对！你要不要看？”她转过头，一副很认真的模样。

“什么电影？《战狼》吗！你怎么……？”

我非常惊讶，紧接着就感觉有点囧。长这么大我还没和女孩子一起去看过电影呢，惭愧。

“对啊，你不是发过动态嘛！今天你帮了本仙女大忙，所以我订了两张电影票，本仙女今天就满足你咯！”说完冲我笑着眨了眨眼，比了个 BiuBiu 的手势，动作自然。

我看得有些失神，便立刻转移视线，朝前走去。

这人我越看越不像人间的，倒像是在天上长大的。

“看啊！那正好，我确实想看！”说句心里话，我想尝试和女孩子一起看电影的感觉！

虽然她带我看电影，是为了“报答”我，但我内心还是蛮激动的。第一次被女孩子约去看电影，还是这么个美女！

“10:20 的场，还有十来分钟就开始了，赶快走！”

走进电影院，我心跳得很快。在我的认知里，一般都是情侣才会一起来看电影。你看都成双入对的，他们会不会以为我俩也是情侣啊？可我俩是情侣吗？总觉得怪怪的……

可能我想得多，加上本来就有点慌，整个人特别拘束。她似乎发现了我的异常，把头侧过来问我：“你是不是第一次陪女孩子看电影？”

“不是！”假装不虚！

“我感觉……你好猥琐。”

“不是，我怎么就猥琐了？”

“哈哈哈！……就你这种直男！还想瞒我……”

“……”我顿时语塞。我从来没觉得我是“钢铁直男”，只是很少和异性接触而已。可总有人这么说我。对我这种一根筋只会死读书的人来说，很多青春该有的东西，都很巧妙地错过了……小时候的我，在班上就是那种突然消失了好几天都不会有任何人发现的隐形人……

好在她看起电影就安静多了，也没有继续问了。

电影刚开始有一个镜头，一颗子弹飞过来，3D 效果很逼真，好像要射穿我脑门儿似的，吓我一激灵，而她就显得淡定多了。我是又难受又舒服。舒服嘛，身边有这么一个漂亮的女孩子，本身就很令人开心了；难受嘛……我感觉我没有半点隐私……整个被她看穿了！

奇怪！她怎么猜到我是第一次和女孩子看电影的？？？

随着合租生活的继续，我发现她并不嗜睡，只是最开始看房那天，她通宵打游戏了……我汗！

“游戏？什么游戏？《英雄联盟》？”我有些期待地问道。

“是啊！”

之后我兴高采烈地登上了荒废了两年的联盟账号。

她是黄金，而我无段位（最近打上了钻石），周末休息的时候，组队打游戏就成了我们共同的兴趣爱好。我们都玩 ADC，但很多时

候她很坑，于是硬生生把我逼成了个打野。

我定位赛定到了铂金，这个段位平均实力都大过她，因此我们组队排位一般是输多赢少。好在她游戏心态出奇地好。不管输还是赢，每次她都坚持拉我陪她一起打，输了也从来不抱怨任何人。队友打字说她菜，她也只是默默跑河道去做眼。

偶尔被队友说重了，她就离开下路跑到野区，跟着我这只老螳螂，给我套盾。

我曾多次提醒她：“你跟着我完全是在浪费时间，经济经济没有，等级等级也没有。”

她却幽幽地说：“我除了你还能跟谁啊？”

“你跟上路去。”

“你嫌弃我是吧？”她佯装生气，恶狠狠瞪着我。

“不是，我当然希望你跟着我啊！但我更希望你好，明白吗？”

“我不明白。”嘴里嘟囔着不明白，人已经开始往上路跑过去了……

有时候队友骂过分了，我就绝不能容忍，原地爆炸，替她骂回去。

骂着骂着，和她对视一眼，两人会莫名其妙不约而同地开怀大笑起来。

她偶尔也会辅助我，但一般都会被对面打穿。我偶尔也会说她菜，她会假装很生气地白我一眼。

“哼！再菜也是你的辅助。”听她这句话，我竟然感觉到了一丝温暖。我的辅助？我居然有专属辅助了，还是个这么可爱的妹子……我上辈子一定拯救了银河系。

不知为何，那段日子不太喜欢做饭的我开始在网上学起了做美食。然而我万万没想到的是，她什么都会做。

一日，我趁着超市打折，买了几斤小龙虾，准备跟着教学视频做一道啤酒虾给她尝尝。到家后，一打开房门我就看她披头散发穿着睡衣吃着水果躺在沙发上看电视，像个女魔头。

见我手里提着什么东西，她愣了一下，然后连跑带跳过来看，见是小龙虾，乐开了花。

“小龙虾！哇！好久没吃过了，你会做吗？我可以一起吃吗？还有酒！你是何居心！”

巴拉巴拉说了一大堆。

“还何居心……那酒是拿来煮虾的，你脑子有包啊！”还没等我说完她就把袋子接了过去。

“这怎么好意思白吃呢！我来做吧！我出力！”她笑嘻嘻往厨房走去。

她穿着一套史迪仔的人偶睡衣，身后还有一条尾巴晃来晃去。像是想起什么，她又折回来把袋子放我手上。

“我去换身儿衣服，你先拿刷子刷一下。”说完灰溜溜进了自己房间，反锁了门。

等再出来的时候她盘起了头发，穿了一条宽松的牛仔裤和一件超大号的黄格子长袖。我最喜欢看她穿这种衣服，保守，舒心。

当然，她穿着“暴露”的时候我也是见过的，令我不适。特别是出门的时候，我说过很多次，每次她都是若有所思地笑道：“关你啥事儿？你管的可真宽！我不就穿个低胸嘛！你着急个什么劲！”

我常被怼得说不出话……

她拨弄着头发，径直向我走来：“你愣着干吗？刷子呢？你看我干吗？没见过仙女啊？”“刷子？我不知道在哪。”其实我压根儿没找。

她真的很漂亮，看着她日常发呆什么的真的不怪我！

果然，她是会做小龙虾的，还相当熟练。我从成品色泽上可以看出来和外边儿餐厅卖的水平相比，只高不低。

到了品菜环节，我俩面对面坐着，中间放着一锅虾。

她笑眯眯看着我：“你尝尝。”

“嗯……”

半晌……

“姑奶奶！快给我水！”“啊？你不是能吃辣吗？”她立马给我倒了杯牛奶，我咕噜一口喝下去，漱了半天口才恢复语言功能。

“呼呼……你这是什么东西啊！也太辣了吧！”看我被辣得满脸通红一把鼻涕一把泪的，她大概有些自责。

“我一直以为你能吃辣的，还特意在网上买的魔鬼辣椒，对不起……”说完又给我倒了一杯牛奶。

“没事！小问题。你现在知道了就好。”我含泪挥了挥手，把另外一杯也喝了下去。

“对不起，我不是故意的。你是个假四川人吗！为什么？……那这锅怎么办？”她很难过，可能觉得太浪费了。

“唉，没事儿没事儿。小时候挺能吃辣，大了去厦门追逐学业，福建那地方吃的清淡得很，把习惯改回来就好。”

……后来我们还一起想了个办法，单独把虾夹起来用热水泡一下。效果很 Nice！最后吃得一点儿没剩！

有人和我说，我长得应该很帅，人家小姑娘都主动示爱了。

其实，从她搬进来开始，我生活的变化就开始了，多了很多趣事。从一开始的给她印象分打不及格，到逐渐了解她的个性、习惯，才明白一个人生活其实真的很糟糕。所以，我觉得不光合租室友啦，只要有缘，即便是两人每天准点跑步遇上，估计都会产生感情。

慢慢地，我意识到我沦陷了，离不开她了，要是有一天她消失了，我该有多么难熬……

我们都很有默契地不去太深入了解对方。就像围住花园的一堵墙，推倒迎来的可能是更辽阔更美丽的风景，也有可能是严酷的暴风雪。与其冒险打赌，倒不如保持住现在的美丽，总归不会太糟。

但后来发生的事儿让我彻底推倒了这堵墙。我发现，墙的后面不是更美丽的风景，也不是什么暴风雪，而是一场雨，一场永远都没有停过的雨……

时间过得很快，马上就到春节。

成都的大街小巷处处洋溢着浓浓的节日气息。那段日子家里人给我打了好几通电话，说得最多的就一件事儿：啥时候回来？

而我说得最多的一句话就是：公司假期还没批下来，要过几天才能知道。

等了又等，年假终于批下来了。假期有 25 天，但是要用 5 天时间团建，所以休完 20 天后就得回公司。

我第一时间通知了家人。对于这个假期我是没有任何期待的，无非就是回家看望并陪伴家人，顺便吃胖几斤，再回来继续工作而已。

我老家离成都并不远，只要我愿意，每个周末我都能回老家，在院子里的摇椅上睡个一天。因此我并不是很在意这个假。相反，我特别不想离开我大伯的这个出租屋。

当然了，是她在的前提下。否则我一个人面对电脑手机白墙待 20 天，不臭也发霉了。不过话说回来，她……要回重庆去吗？

年前那几天，公司说要把假期即将耽误的工作提前安排一下，这样才会在新的一年里赢在起跑线上。说白了就是笨鸟先飞！当时我们含蓄地称这个计划为“笨鸟计划”。

而她在那段日子里工作状态却很差，每天回家都伤心欲绝地找我哭诉，我能给的也只是些许安慰。

公司执行“笨鸟计划”的第一天，我手机全天开着飞行模式，还加了个晚班，下班的时候已经是晚上 12 点。我又累又饿，但是那个时间街上已经没啥吃的了，除了深夜路边摊。

我害怕路边摊吃出问题，想着还是回家翻翻冰箱看看她有没有做啥吃的。终于，拖着疲惫的身体到了小区楼下，一抬头，家里灯是亮着的。这是还没睡呢吧，看来晚饭有着落了！

我上楼敲了敲门，没人答应。难道是睡觉忘了关灯？我用钥匙开门，妈呀！客厅睡着个人！吓得我一激灵，仔细一看是她。

这女人喝醉了还是咋的，趴沙发上了，屁股还坐在地板上，空调也不开，不怕冻死吗？

我冲过去把她拖到沙发上，开了空调。我拍了拍她肉嘟嘟的脸，她面色潮红。这是怎么了？眼睛肿得这么厉害。屋子里还一股淡淡的酒味儿，她是喝酒醉了吧。

"喂！你没事儿吧？醒醒了！吃饭了！有酸奶，小龙虾！喂！"

好一阵呼唤，她终于醒了，可是和没醒基本没区别。她双眼无神又空洞，呆呆地看着天花板，眼角还泛着泪花，一句话也不说。

过了片刻，可能注意到我，她转头看了我一眼，神道道跟我说："喝酒吗？"

她声音沙哑，指了指茶几上的瓶子，闭上了眼睛。

"呃……你哪来的白兰地？"她喝了白兰地。

"这酒正常成年男子不过三杯就倒，你居然还喝了……我看多少？"

看杯子，大概就抿了一小口。我正疑惑时，余光扫向桌上，才发现桌上摆满了吃的，但已经没有了热气。

她这是等我一起吃饭呢，难道喝醉是因为我吗？

我看着她晕红的脸，问：你清醒了吗？她依旧闭着眼睛，说现在

是她这辈子最清醒的时候。

“你不舒服吗？我带你去医院吧！我摸下你的额头。”说完我就伸手去摸。

“你走开！”她打断了我，有些不耐烦，翻了个身，把头埋在沙发靠背上，一动不动。她情绪不对，平时从来不会这样。估计是我手机开飞行模式没接她电话，让她不开心了。

“我觉得好难受啊。”

“怎么了？”

她没说话。

“那些菜，看起来没动过啊，你还没吃吗？”我扯开话题问她。

“我明天要回家，本来想给你做顿好吃的再回去，你电话却打不通。”她没搭理我，自顾自地说道。

“啥？你要走了？回重庆吗？啥意思？”我脑子有点混乱。

“对！回家过年！”她边说边摇摇晃晃站起身，朝房间走去。

“哦，饭还是热的。那个菜，你要吃就自己热，嗯……放微波炉里热几分钟就好了。我头痛，先睡了。另外……对不起，刚才吼你了。”说完，咔一声，进房锁了门。

我心里五味杂陈，很不是滋味儿。她有点反常，不，太反常了。从她醒来到回房，就没给过我一个笑脸。这对于平日里说三句笑一句的她来说太反常了！大概她等我很久了吧……我有些于心不忍。我恨不得给自己两巴掌。

我在考虑要不要送送她。

“你明天几点的票？”我在客厅问了一句。

“下午六点……”她应了一声，有气无力的。这也太突然了……可能是有些不舍，那天晚上我翻来覆去睡不着，想着这几个月来每天回家都会看见她在客厅走动，突然看不到了，应该多少会有些不习惯吧。不过最多就半个月而已，这样想想也就释然了。

第二天一早，我迷迷糊糊看了下手机，还没到六点半。没记错的话，我接近四点才入睡……居然还能醒得这么早，不正常。接着就想起她今天下午就要走了，瞬间睡意全无。

唉！算了，管他什么笨鸟计划呢，请个假送送她吧。不管三七二十一，我立即给公司的 HRBP 拨了电话，撒了个谎。

“喂，张姐！那什么……咳咳！我今天可能感冒了，不大舒服。你给我批个假吧。”

“嗯？可以的。你还好吧……不严重吧？好好休息。但下次不要这么早给姐姐打电话了……你不会一晚上没睡觉吧？”

我索性将计就计：“是啊！难受睡不着啊。”

很顺利地请到了一天假，我满心欢喜，开始头脑风暴这半天时间可以带她去哪玩儿，去哪胡吃海喝，最后再送她去车站，目送她坐上火车。想想还有些期待。

万万没想到，我听错了一句话，或者是她骗了我。那天晚上我听到她有气无力地说她的票是下午六点，其实，她买的是上午六点的票。

等我为她烤好吐司，热好牛奶，再敲响她的房门，她已经离开两

个小时了。或许就在我醒来的那一刻，她刚刚走出家门。

她辞职了。她的房间收拾得干干净净，除了床上放了一个礼品盒，没留下别的东西，盒子里面是一条男士围巾。我大概明白了，她不会回来了。

我给她拨了电话。电话里她哭了，哭得撕心裂肺。原来，就在昨晚，她从小最亲近的外婆因为心脏病突发离开了人世。

她做好了一桌子饭菜，给我打了个电话，发现打不通，然后就接到了小叔的电话，听到了这个噩耗。

她和她弟弟从小就是孤儿。还记得她丢包那次，我问她有没有通知家人，她沉默一会儿说了句，她记得外婆的电话，已经通知过了。

那天，我几乎是含着泪，找了辆黑车不管不顾来到了重庆。我心疼她。她是那样天真，那样纯洁，宛如一张白纸……

为何命运如此不公，让她承受这样的苦痛?

她已经很坚强了。但我想保护她，为她扛下所有伤害。我想拥抱她，给她我所有的温暖。我想当着她的面说一声以后有我在，什么都不用怕了。可我……好像已经没机会了。

有些事情就是这样，错过了就不能重来。

但我还是希望，如果能重来，我会对她说我喜欢她，我想当她的避风港，想用心去守护她。

这是我想对她说的，但我知道现在不是说这个事儿的时候。这段日子她经历了太多，我不该给她添堵。

之后我又向公司请了几天假，打算留在重庆等她把家里的事儿处理完，我再接她回成都。这样就不会和她分开了。

我等了大概一个礼拜，觉得她应该好多了吧，于是给她打了电话。她接了，从她的语气我能听出来她有些哽咽，可能刚哭过。“家里的事儿处理完了就跟我回去吧，生活还得朝前看，不是吗？”我很心疼她。虽然几个月下来也没怎么深入了解她，但我能确定她很深情……她对待感情，不管是亲情还是友情都会很负责……遇到这种事儿，总是需要点时间来抚平的。

她沉默了会儿。

“你在重庆吗？”她哽咽道。

“嗯，感觉好一点了吗？我带你回去吧。”

“可是……可是我已经没有工作了……呜呜呜……”她再一次泣不成声。这是她第二次对着我哭泣……

我尽量温柔地说：“没事。工作会有的。朝前看，好吗？”

“我觉得……我不想回去了。其实，我知道总有一天外婆会离开我，为此，我做了很多年心理准备，但真到这天了，却一点用都没有。”她刻意停止了哭泣……我知道她还在逞强。

我说再多都无济于事。

“来喝酒！我陪你喝。”我给她发了一个定位。

“我不喝！你走吧！”便挂了。

我没有再给她打，一个人默默在酒吧喝了很多。

夜里，她还是来了，眼睛有些肿，纯素颜，依旧很美。

她径自坐我对面，假装没事的样子和我说：“你神经病吧，大老远来重庆干吗？”

当时我喝醉了，整个人迷迷糊糊的。

“我知道你很难受，遇到这种事情谁都会难受……其实我比你更难受。因为我见不得你不开心，我想你好好的……头有点晕，说的一些话可能会让你觉得不太舒服，但是我还是要说，从今天起！我绝不允许你再难过了……我们在一起！行吗？”

说完，我清楚地看到她眼眶湿了。她沉默了一会儿，深吸一口气。

“我就知道我不该来！”说完，她突然起身准备离开。我下意识一把抓住她的手，拉进怀里，抱住了她。

我很僵硬。酒吧音乐声不大，放的是很轻柔的舞曲。我感觉酒吧所有的人都在用奇怪的眼神看着我，让我非常别扭。也是抱住她，我才发现原来女孩子的身体可以柔软到这种程度。

她没有反抗，把头埋进我的胸口，再一次泣不成声，鼻涕夹杂着眼泪。我僵硬地轻轻搂着她，不敢用劲，也不知道该讲些什么好。

过了片刻，她突然停止哭泣，众目睽睽之下挣开我，有些歇斯底里地冲我吼道：“你神经病啊！你早干吗去了？”

然后便头也不回地离开了酒吧。我来不及反应，没有再追。可能我的勇气已经耗尽了……其实现在看来，那只不过是我可笑又可怜的自尊心作祟罢了。果然，注孤生。

酒醒后我给她发过消息，到今天她也没有回复过我。

我电话也打了，没接通过。

从此，我再也没见到过她。后来的日子里，我曾无数次试图继续联系她，给她发个消息，给她拍个我做饭的照片，给她看我游戏已经打上钻石大师了，告诉她我可以带她轻轻松松赢得比赛了，可是一想到酒吧那晚她伤心愤怒的拒绝，我又失掉了勇气。

我到今天为止都不敢确认，她是否真的喜欢过我。可能没有吧。我跟她的故事也就算到此完结，不清不楚，不明不白。

假如我能让时光倒流，回到师范大学校门口，她站在我车前，踮着脚尖左顾右盼的那一刻，我将面带微笑，站在她面前，看着她无邪灵动且带着丝丝疑惑的大眼睛，跟她说：初次见面，我可以喜欢你吗？只可惜，我做不到。

续一

问我后悔吗？当然后悔。

今天是 2019 年 11 月 22 日，细想一下，我与小艾分别已近两年。

几个礼拜前，我在某平台看到一条评论和一条私信。

评论内容如下：

楼主，我在重庆九龙坡工作。你写的这个女生，我就叫她小艾吧，现在是我同事，是个很可爱的女人。追她的人排成一队，包括我对她也有好感。她到现在还没有男朋友哦！如果你现在还没有女朋友的话请抓住机会，地址已经私你了！真心祝你成功！

不知道是真的假的。

地址也确实发给我了。我一直在犹豫。也不能说犹豫，准确来说应该是脑子犯傻了。

地址有了。想去吗？肯定想，这两年我没少梦到她。哦对了，我也称呼她小艾吧，这个突然闯进我生命的女人，给我带来了前所未有的改变和回忆。但，时隔两年再去找她，有什么意思呢？我又该以什么身份去见她呢？她过得怎么样？从阴影里走出来了吗？说不定，她现在过得很好？我这算打扰吗？她说不定都把我忘了！

所以，我还是两年前那个优柔寡断的我。这两年时间，我一点成长都没有吗？

然后，我做了一个决定，我不想这样一成不变下去了。

姑且不论私信的地址是真还是假。反正最近，我特别想找个地方去旅游。

你们觉得重庆如何？

祝我好运！

续二

在重庆待了几天了。

嗯！没错！我很幸运，见到小艾了。

到达重庆后，我按照私信给的地址一直在一个写字楼下蹲点。

我加了那个私信我地址的哥们儿微信，也见到了他，一个长得比较清秀的……话痨。

暂且叫他小彭吧，他一直在鼓励我，告诉我小艾的行踪，指导我在哪里蹲点才会有机会遇见她。

其实我很多次都蹲到了小艾。

她剪了头发，当初乌黑的头发也染成了咖啡色，和女同事有说有笑地朝我的方向走来。

但每次到最后我总是忍不住转身离开。

我的内心是挣扎的，无比挣扎。

她过得挺好的，我干吗要打扰她？

回到住处仔细想了一下，我给了自己一巴掌。

第二天继续蹲点。

然后回到住处，我又给了自己两巴掌。

第三天继续蹲点。看来是等不到她单独下班了，她每天都是和那两个女同事一起，我很难下手。

时间：2019 年冬。

坐标：重庆九龙坡，某个小旅馆。

我低着头坐在沙发上，像一个做错事的孩子，脑海里循环播放着她朝我走来的画面，几乎忽略了我面前还有一个年纪和我相仿的男子正滔滔不绝地说些什么。

“你赶紧收了她吧！好让我们公司那几个单身汉死了这条心！他们总觉得他们能行，班儿也不好好上！”

听到这儿，我来了兴趣。

“她，真的还没男朋友吗？”

“你再这样犹豫下去，估计也快了。”他回过头一脸无奈地看着我。

“我需要酝酿一下。”说完，我叹了口气。

“这都第四次了！这样下去不是办法。你这煞费苦心的，难道是为了我？我是纯爷们儿！我喜欢女人！”我哭笑不得，一时无语。

没错，已经第四次了。我实在是不知道怎么跟她说，每次看着她朝我越走越近，我愣是不敢面对，只得再一次转身离开。

“还有啊，我发你私信，就是为了让你给我带这么多保健品的呀？你觉得我需要吗？我虽然年纪比你大点！但也不至于吃这玩意儿吧！”

他指了指茶几上我给他带的礼品，一脸激动地对我说。

我解释那其实不是保健品，是大红袍。

“大红袍？我看看！不是！这重要吗？我是看你小子糟糕得很！恰巧我刚好认识女主，想帮你一把！你倒好！太辜负我了吧！”

“我知道，是我对不起你，这不就在酝酿吗？”

“气死我了！指望你是指望不上了！”他双手叉腰，一副恨铁不成钢的架势。说完他顺势坐下，过了片刻，默默给我递过来一支香烟。

我摆了摆手，“早戒了。”他愣了下，说“戒了好”，接着便收回香烟，叼在嘴边，掏出火机点燃。

烟雾弥漫在房间，气氛异常压抑，我们陷入无尽的沉默中……

窗外的天空渐渐变得灰暗。不知过了多久，他突然起身，拍了拍掉落在裤腿上的烟灰。

“这样吧！我明天让小艾来楼下的咖啡厅见你，你假装是客户，就在那儿等她，她会给你打电话的。你敢见也要见，不敢见也要见！记住，你姓朱！时间不早了，我就先走了。”

说完，他看了看茶几上的礼品盒，自言自语道：“这茶不错！没地儿买的，那我就恭敬不如从命了！”

说完顺势拿起礼品盒，潇洒离开。留下我继续怀疑人生。

明天就和小艾见面了，我内心充满期待，也惶恐不安。我几乎彻夜未眠。这是一种似曾相识的感觉。不知道这两年她变没变。

意识，逐渐消散。

在一条宽阔的大道上，来往的车辆犹如滔滔江水。我转动着方向盘，没有目的，没有方向。

副驾上坐着的是我朝思暮想的人儿。我们没有任何的言语交流，没有任何的情感流露，只是单纯地行驶在公路上。

车开到半山腰上，公路越来越狭窄，而我却没有半点要停下来的意思。油门越踩越深，车速越来越快，迎面而来的车辆从左窗呼啸而过。

她开始害怕了，双手抱住我的右臂，带着哭腔，仿佛是在祈求我。

“你慢一点开好不好！慢一点……”我感受到了她内心的恐惧，正欲减速，突然，前方路段赫然出现一个显眼的断崖标志！我猛踩刹

车，却发现刹车失灵了一般！

终于，因为车速太快，雨路湿滑，车冲破防护栏，翻下了万丈悬崖。而我和她却留在了悬崖边上，她蹲下来哭泣着。

我拿着手机给保险公司打电话。

迷迷糊糊间，耳边逐渐回荡起熟悉的手机铃声，由虚到实。

我缓缓睁开眼睛，环视周围，发现自己正躺在旅馆的床上。

唉，原来是个梦，怪不得这么匪夷所思。我揉了揉太阳穴，强制让大脑清醒过来。

突然注意到枕边的手机已经连响带震老半天，拿起一看，发现是个陌生号码，重庆？我想大概是某个公司的推销电话吧，说不定有点用，我如往常一样接听了电话。

“喂！你好，是哪位？”

“喂！你好！是朱先生吗？”听到电话那头声音的一瞬间，我的大脑仿佛触电了一般，足足蒙了三秒！

没错，就是这个熟悉的声音！是小艾的声音！多么熟悉的感觉啊！

“喂？你好。听得到吗？”见我没说话，她继续追问。

我慌张起来，对着电话一阵语无伦次。

“是，是的，我是。”

“嗯？朱先生你好，您是临时有什么急事儿吗？”

我恍然大悟！今天我是以客户的名义约见的她，拿起表一看，已经十点多了！我迟到了！

我可真是个不称职的“客户”！

“没有没有！我现在过来！”说完，我赶紧挂了电话。可问题是，咖啡厅在哪儿？我承认我紧张了。翻开微信，原来小彭早已经给我发了位置。

不得不说，这老哥虽然平时大话有点多，关键时候还是很靠谱的！

可这哪是楼下的咖啡馆啊，明明还有五公里路呢！

不过也好，可以在路上脑补一下见面时的场景，多做点心理准备，争取见面时不会那么尴尬。

我看了看镜子里的自己，满脸油光，胡子拉碴的，格外显老，真得好好收拾一下自己了！

收拾完毕，我冲到楼下拦了个出租车，给师傅说了位置，心里默念不紧张，不紧张！我利用这点时间脑补，结果没一会儿，车就停了。车停在购物广场前，一眼就能看到广场三楼那个偌大的咖啡厅logo。

就是这儿了，我明白，现在不是犹豫的时候。等人是件恼人的事，因此，我不希望让任何人等我太久，特别是她。

我疾步走进广场，花了点工夫找到了咖啡厅入口。然而我却迟迟没敢进去，透过玻璃，我仔细观察着里面的一切。

咖啡厅很大，所有摆件和装饰都向过往的路人展示出它浓郁的地中海风情。喝咖啡的人不多，一眼扫进去就能看到坐在角落的小艾，正双目有神地看着桌上的笔记本，时不时点两下鼠标，动

作干净利落。

我纠结不已。问题来了，我要如何顺理成章又不失礼貌地出现在她面前呢？

我冥思苦想，终于有了！我举起左手假装挠头用以挡住自己的侧脸，低着头，蹑手蹑脚地走进咖啡厅内。自我感觉良好，虽然在旁人看来，我像个扒手。

我快步走到离她最远的一个位置坐下，瞬间，紧张感烟消云散。她依旧很认真地盯着笔记本，我长舒一口气，应该没看到我。

服务生走了上来："先生您好！喝点什么？"

"拿铁，两杯，谢谢！"

我记得，她以前喜欢喝拿铁。按照她的说法就是，好喝又实惠。

"好的！请稍等一下。"服务生离去后，我的注意力放在她身上。她穿的还是一件白色毛衣，靠椅上挂着她的卡其色风衣，淡咖啡色的短发扎在后面，颇有几分职场女性的精干气质。

这两年她变了很多，在职场摸爬滚打了这么些日子，完全褪去了当年刚毕业时的稚气。我突然有些心疼，两年来她估计吃了不少苦。

"先生，您的咖啡。"

不知不觉，咖啡已经送到了我面前。我道了声谢，随后起身端起咖啡往她坐的方向走去，眼睛一直观察着她。她伸了个懒腰，拿出手机玩儿了起来。

距离越来越近，脚步也越来越沉重。

我已经计划好了，先优雅地放下咖啡，再自然地坐下，问候一句:“好久不见。”

如果有必要，我还可以跟她握握手！没错！可以握手！

还差两步的距离。我注意到她把手机往耳朵边靠了过去，似乎在给谁拨电话。我感觉不太妙！

叮咚叮咚！！

下一秒，我的手机无情地响了起来。

她突然回过头，我们的眼神对接上了！空气突然凝固……

看见我的一瞬间，她站了起来，眉头微蹙，一脸的难以置信，愣了几秒。她挂了电话，我的来电铃声也随之消失。

我的计划被无情地打破了，现在如此被动，我恨不得就地找个洞钻进去。

“那个，我……”我大脑一片空白，不知所措，张口结舌，而她依旧只是看着我，眉头微蹙，没有说话。

我低下头，眼神向下，在路人看来，我可能像个闯了祸的孩子。

就这样，不知过了多久，她说话了:

“我说这个号码怎么这么眼熟，你什么时候改姓朱了？先坐下吧。”说完转身坐下。

我犹豫着也坐了下来，垂着头看着桌面，把一杯咖啡挪到她面前:“不好意思，见笑了。”

“我很丑吗？你看都不带看我一眼！”

“没有没有！就是……觉得挺对不起你的。”我赶紧抬起头看着她。

她犹豫了会儿说：“你对不起我什么？”

“我……”

“嗯？”

“我……不知道说什么好，就是觉得很梦幻。”我再次低下头，实在不敢与她对视。

“你还真是一点儿没变。”

“你别说了。两年下来，我确认我是真的喜欢上你了。我每天过得浑浑噩噩，心里始终放不下你，可却没能联系上你。我也不知道你当时为何能下这么大的决心，删了我所有的联系方式，可能我是真的做错了什么。但我今天回来了，只想跟你说，我还是忘不掉你，忘不掉我们的点点滴滴……”

我不知道哪儿来的勇气一口气说了这么多，可能是因为我太讨厌优柔寡断的自己了吧。

“然后呢？”她面无表情地抿着咖啡继续追问，让我感觉有些失落。她好像并不为所动，我再一次怀疑人生。

“呃……暂时没有了……”

小艾犹豫了片刻，眼里闪烁着光芒。

“我结婚了！”

这四个字如晴天霹雳，我目瞪口呆，差点吐出刚喝下的咖啡，心情复杂。

“哈哈！我开玩笑呢！”她捂住嘴笑了，笑得很开心。

我这是被耍了吗？心情极度郁闷，同时也感到了些许欣慰，她没变。

“呃……你也一点儿没变，还是以前的你。”

无形之中，气氛活跃了起来，没了之前的紧张。

她浅笑着说：“嗯哼，这样不好吗？好啦，你快喝吧，我肚子饿了，咱去吃饭，边吃边说。”

突如其来的邀约让我欣喜若狂，这就说明，她也许也没有忘记我。

“吃啥？”

“火锅？”

“不行，中午不能吃火锅。”

“……”

最终……我们还是在一家火锅店聊了一下午。聊了这两年各自的情况，聊了工作，聊了有没有找到自己的另一半，聊了我们的过去，她又一次毫不掩饰地哭了。

多么幸运！小艾还是原来的小艾，还是原来那个丝毫不懂掩饰的她。

还是那个我爱的人。

完。

—— 如果我丢了你会找我吗？

—— 当然找啦，谁家一百来斤肉丢了不找！

博士导师成了她的后妈

弟弟现在也读大学了，估计不出意外也会继续深造。弟弟的专业是生物制药。如果说 T 当年遭受的是父母的学术混合双打的话，估计 T 弟弟接受的将是来自爸爸妈妈、姐姐姐夫的家族式学术群殴。

高中一女同学，读博士的时候，硬生生把导师读成了后妈。

我觉得很少有人能比她惨！

我高中同学的姓氏以 T 开头，所以就简称她为 T 吧。

读硕士的时候，她母亲突然病逝，她父亲内疚不已，觉得自己多年来忙于生意，虽然赚了不少钱，但是对家人疏于照顾。妻子去世，女儿成了他唯一的亲人，他决心后半生要好好陪伴女儿。于是 T 爹在最短的时间内辞掉公司管理职务，只保留了一个股东的身份，后来还在T读书的学校家属区买了一套房子，自己每天照顾女儿的饮食起居。

因为父女二人同一个专业，而且T的父亲原本也是学界大佬，20世纪80年代公派留学德国，三十出头就当上了副教授，只是后来投身企业界，中断了学术生涯，否则也该是博导了。所以T爹隔三岔五也可以给T一些学业上的指导和帮助。

T读博士的时候，科研压力太大导致神经衰弱，T爹看了心疼，于是和女儿约定每天晚上七点半一起在学校里散步一小时。结果散步的时候偶遇了T的导师，两人就此相识。过了不久，T出国交流，一年之后T回来，发现父亲晚饭后不再和她一起散步，而是和她导师一起散步。

原来T走之后，T爹思女心切，每天都要到和女儿一起走过的地方溜达溜达，走着走着就遇到了T的导师。T导师当年40多岁，但是天生丽质加上会打扮，看起来像是30多岁。她早年离异，一直没有再婚。T爹当年50多岁，身材高大，气质儒雅，谈吐不俗，模样可以参考韩国总统文在寅。两人相遇很自然地聊到了T的学业，又很自然地聊到了专业。T爹专业基础扎实，又有多年的企业从业经历，和T的导师有许多共同话题，二人相互引为知己。紧接着T爹又利用自己在企业界的资源，帮T的导师解决了几个棘手的问题，令导师对他刮目相看。此时二人所讨论的话题已经不仅限于学术问题，开始讨论三观了。二人惊喜地发现，彼此三观甚合，于是爱慕之心油然而生。等到T回国的那会儿，导师和她爹就等着她回国和她当面说明情

况，然后领证办婚礼了。

T 得知此事后，也乐得父亲晚年能得一知己，有个人照顾，于是很爽快地答应了。导师和她爹结婚后，她爹就成了她导师组里的义工，甚至学生论文的审稿工作都由她爹代劳。

而 T 最后却被要求延期毕业了，原因据说是她爹觉得她的论文做得不太好，担心让她毕业会砸了她爹和她后妈在业界的招牌。

时至今日，已经身为人师的 T，依然时常在学术上遭遇爹和后妈的男女混合双打，这是我觉得她比较惨的原因。

很多人想知道为什么 T 的父亲离开学校多年之后还能指导博士。

其实 T 爹也是有博士学位的人，而且还是当年牛上天的德国名校毕业，专业是药物化学，下海也是在药企的研发部门。

T 爹还有一个比较神奇的地方，T 妈是 T 爹硕士导师的女儿，于是我爹作为 T 爹多年老友，对他的婚姻史有一句精彩的描述：年轻时娶导师的女儿，年老时娶女儿的导师。

后续

T 现在在她读书的城市成家立业了，老公是后妈学校的海归青年教师。她本人毕业后被后妈推荐到一所高校工作，生活很美满，孩子交给了她爹和后妈带，一家其乐融融。

后妈在学校是严师，在家是虎妈。T 爹和后妈刚结婚的时候，后妈的儿子还在上初中。有一次 T 回家一进门就听见后妈在书房教训儿子——你学习怎么这么不上心。啪！能不能跟你姐姐（T）好好学学。

啪！现在我们一家除了你，三个博士，你如果不好好学习，估计连××附中都考不上，你还有什么脸在这个家里生活？啪！你要是再不求上进我就真的不管你了！啪啪！然后，T就看到了她那个身高一米八、长得白皙帅气的弟弟，带着一脸手指印从书房出来……

但是，据T说现在只要她女儿甜甜地叫上一声：“外婆！”后妈立即丧失所有原则。

弟弟现在也读大学了，估计不出意外也会继续深造。弟弟的专业是生物制药。如果说T当年遭受的是父母的学术混合双打的话，估计T弟弟接受的将是来自爸爸妈妈、姐姐姐夫的家族式学术群殴。

我觉得弟弟的将来可能比她更惨！

——再来一次的话，我还是会选择爱上你，不过再有一次的话，就让我先走吧。

—— 再来一次的话，我还是会选择爱上你，不过再有一次的话，就让我先走吧。

本来她的世界就很小，小到就家里这么个院子

说句实话，爷爷和奶奶如果百年了，我希望奶奶先走。
至少爷爷还有一些牌友，耳朵没问题，普通话也说得不错，还在被这个世界接纳着。
爷爷先走了，奶奶就只活在一个人的世界了。

1

奶奶今年 90 了，她的两只耳朵重度耳聋，要凑近了喊，才能听到。

别人跟奶奶说话，奶奶听不清，只能“啊？”“啊？”地反问。反问的次数多了，别人就不耐烦了。

爷爷对我奶奶的态度也特别差，一直很凶。

奶奶做的饭菜要是不合口，他会抱怨两句，一开始声音还是轻的，但是当自己说的话一直得不到回应时，他的分贝就高起来了。

奶奶胆子小，害怕。就找了一个诀窍，“嗯嗯，是哦，是哦”地回答。

其实什么都没听到。

有一次，我在爷爷家吃完饭想要回家，爷爷奶奶让我拿一些自家种的冬瓜回去，我说不用了，家里有。爷爷就把奶奶拿过来的冬瓜扔在一旁，大声说：“阳阳说不用了，他说不用了！”声音大得就像举着高音喇叭在你耳边说话一样。

大伯家离爷爷奶奶家是最近的，平日里出的力也是最大的，但他对奶奶的态度也不好。一旦他说的话说了两遍，奶奶还没有听到，他的态度就会显得不耐烦。有时候奶奶听到了他说话，但会错了意，听成了别的话。比如：妈，你冷吗？奶奶回答：我晚饭烧好了。大伯还会嘻嘻哈哈对我笑。

我有时候跟着他一起笑，有时候笑不出来。

2

奶奶听不懂普通话，她一辈子生活在上海的郊区，只能说郊区的土话。她也不识字，连阿拉伯数字都不认识。

奶奶每天在家待着，在自己的菜园里种一些野菜。到了中午，就坐下来看电视。

她不识字，看不懂电视下面的字幕。

听不懂普通话，也不知道剧中人在讲什么。

她只能看单纯的画面。

所以，奶奶看得懂的只有一档节目。

就是大家嗤之以鼻的跳水闯关节目，什么《男生女生向前冲》《智勇大冲关》之类的。

她看到有挑战者被机关打下水，就特别开心。

爷爷不喜欢看，就出去打牌。

下午，奶奶做饭，爷爷回来，吃饭的时候像往常一般地扯大嗓门，挑三拣四，骂骂咧咧。

这是我所知的爷爷奶奶的日常。

一天晚上，我回爷爷家。

敲了很久的门，都没人来开。我以为两个人都早睡了，就趴在窗边确认，看到电视开着，里面放着电视剧，爷爷在我奶奶耳边解释电视剧情。

小老头人前凶巴巴，没人的时候温柔极了。

像是在教一个小学生。

我才发现，他的大声说话，拉高分贝，是希望奶奶听见。

我们表面很关心她，对她“友善”“好”，其实很多话到了嘴边都吞下了，因为潜意识地明白她听不到。只有这个小老头骂骂咧咧，有时候恼羞成怒。

因为他想要她听见。

3

奶奶不识字，为此她吃过不少亏。有一年夏天，奶奶坐公交 4 路车回家。因为路堵，车停在半途，奶奶要回家做饭，很是焦急。见别人都在看表，她也跟着看，还问旁边的人：现在几点了？对方指了指公交车上的表："你不会自己看吗！"

我十几岁的时候听说这事，非常气愤，眼泪在眼眶中打转，牙咬得死死的，心里想，要是我当时在场，我一定打他替奶奶出气。虽然在那个年纪，我谁都打不过。

但当时爷爷听了好像没什么反应，让我觉得即便他在公交车上，也不会帮奶奶说什么话。我气得吃不下饭，用筷子搅米饭，他倒是在我面前越吃越香，还吧唧嘴。

他对我说，饭还是要吃的，你不吃饭，别人就不欺负你了吗？

现在的我依旧这么想，那个时候，爷爷肯定什么话都不会说。因为如果爷爷在场，一定不会让奶奶去问别人时间。他会漫不经心地指指手表，大声说，这个点了，老太婆别急，急也快不了。

4

奶奶的膝盖有骨刺，不能走太多路。她要是跟爷爷一起出门，骨刺的问题就会被放大，会走得很慢。

奶奶走得慢，爷爷会等着她走。可等就等，嘴里还要念叨几句：怎么能这么磨蹭。

小时候的暑假，我和他们一起出去。一路上，爷爷会默念奶奶的步数。每当他走上六步，他都会和奶奶差上半个脚位。

人越老越显得矮小，爷爷说那叫老缩。

两人的脚都差不多小，但爷爷总能走快那么一点儿。每走三四十个步子，他总要回头一下，看落在后面的奶奶，然后和我一起停在马路上，等着奶奶一点一点“赶”上来。

每走几步停一停，往后看。小时候的我，也渐渐习惯了这个步数。

听到爷爷的抱怨，奶奶就挥挥手，稍微把步子跨大一点了。大家到了同一水平线上，再一起走。

对奶奶，爷爷一直都是这样，嘴上凶巴巴的。

5

说句实话，爷爷和奶奶如果百年了，我希望奶奶先走。

至少爷爷还有一些牌友，耳朵没问题，普通话也说得不错，还在被这个世界接纳着。

爷爷先走了，奶奶就只活在一个人的世界了。

看不懂电视在演什么。

听不懂普通话。

听不到别人在说什么。

走两步膝盖就会疼，走不远。

本来她的世界就很小，小到就家里这么个院子，爷爷先走了，就

什么都没了。

真心喜欢一个人是什么体验?

我自己不好说。因为每次真正喜欢上了一个人，结局都不顺意。

但是我猜，以前的人，即便最初在一起，不是因为爱情，可是40年、50年、60年……之后，多少都会发生点化学反应的吧。

爷爷虽然不喜欢看跳水闯关类节目，但要是节目开始了他还在家，他也会叫上奶奶，两个人一起看。

年轻人的爱恋大体也是如此吧。

有好吃的东西，第一时间给她吃；有好笑的笑话，第一时间讲给她笑；听到好听的歌，立马就想分享给她听；有什么糗事，也希望她来骂骂自己。

人生这场冒险，就算收获的都是些边角料，你也都想双手奉上。

我想，真心喜欢一个人，你会微笑着成为他的嘴巴，他的鼻子，他的耳朵，他的眼睛。

你就是他。

—— 再来一次的话，我还是会选择爱上你，不过再有一次的话，就让我先走吧。

我与威廉

对不起，我教了你那么多没用的东西，却不曾教你反抗。
被人伤害却傻傻的没有逃跑。
你一定很恨我吧。

2012 年的时候朋友家金毛生了崽，我买了一只，叫它威廉。

威廉从买回来起就很乖，没事的时候就喜欢趴在阳台晒太阳。因为我妈很爱干净，所以平时威廉都在阳光房里待着。我每天回来，威廉都会从三楼的阳光房隔着玻璃对我转圈。它很喜欢游泳，夏天我会带它去小区旁边的大河里游泳。它走得很慢，即使不用牵引绳也不会到处乱跑。看见有人它会坐下来让人先过。它很喜欢小婴儿，对宝宝非常好奇。小区里很多大爷都很喜欢它。大爷记不住它的名字，就叫它大黄。每次带它散步，小区的居民就说又带大黄出来玩啊。

威廉的毛发特别长，背上的毛又软又蓬松，阳光洒上去的时候会泛出金黄色的光芒，四条腿上的毛跑起来像火焰一样。威廉非常讨附近居民的喜欢，它也记着谁对它好。小区的大爷喂了两根骨头棒子，把威廉馋得每次散步都要跑远路去大爷家门口叫两声。大爷一听是威廉，就在院子里喊，大黄今天又来啦！哎呀都想你怎么还不来，知道我有吃的了吧，总往我这跑，干脆跟我做伴好了。好不好啊？威廉也像听得懂似的立马叫了两声，引得旁边人都在笑。

也有人怕威廉的，看见有人躲着走的，威廉也不追，就坐下来让人家先过。一来二去地也没人怕他了。威廉不怕人，谁唤它它都跟着过去。

有一次，威廉跑丢了，我在小区里找了好久，隔壁的大爷说大黄在小区门口水果店玩儿呢。我走过去，看见威廉趴在地上打滚，和水果店老板儿子玩儿得正开心。老板见我来了打趣儿说：你家大黄看见我儿子就不走了，把我水果店都快吃光了。这家伙，便宜的还不吃呢。我连连给钱赔不是，老板也不要，我就买了一辆遥控车给他儿子赔礼。别人都说狗来福，门口做生意的人也都喜欢它。

威廉聪明，知道哪家店“大方”。麻将馆的老板娘也养狗，看见它就招呼过来喂火腿肠。威廉也不白吃，吃完了就站起来双手作揖“拜拜”别人。老板娘笑着说：“大黄又祝我恭喜发财，对不对？”

威廉耍聪明总是这样“讨食”，别人喊一句“威廉，来，恭喜发财”就跑过去“拜拜”别人，被人喂得又大又壮。别人开心，威廉也开心。

这三年是威廉最开心的三年，我们夏天一起游泳，冬天一起玩雪。很多人都很喜欢威廉这只大黄狗。它也是小区的团宠。快过年的时候，我们全家都准备去北方探望爷爷奶奶的兄妹。威廉去不了，其他亲戚又很怕我家狗狗（嫌麻烦），于是我爸找到了我一个表舅，请他代养。

这个表舅我就见过几次面。记忆里是七八岁从北方搬过来的，初中毕业就没上学了，一直在汽车城做汽修。我们出发的时候特别叮嘱他千万不要把威廉带出去，害怕丢了。上车的时候我心里就有点慌慌的，我听见威廉在楼上一直叫，在阳台转圈。我心想只去几天，马上就回来。

头几天的时候这个表舅还跟我视频，我放心了很多。后来告诉我狗被带去外公家了，一直在外公家。我想放在外公家也没事，给外公打了电话。外公说狗狗很好啊，很听话，在院子里。过了几天我们从北方回来，我准备了一堆零食去外公家接威廉回家的时候，外公慢慢悠悠地说："那狗啊，你表舅给杀了。他说你不要了。你养这么大一个东西在家里不嫌脏啊？"

我当时就不相信，我说我狗呢。我在院子里找，一遍一遍地喊威廉。从村西找到了村东，都没有。我当时没有一点怒气，心里都是慌张，胸口像被人狠狠地打了一拳，闷得说不出话。我回去的时候手都在颤抖，我在院子里吼说我狗呢。外婆说真的吃了，你这个孩子怎么不听呢。然后从屋子里拿出威廉的皮扔在地上，说你看这是不是你的狗，你要你拿回去。

我看见威廉引以为傲的金黄色皮毛就这么杂乱地丢在地上，脑子一片空白，手臂发麻没有力气。我怔在那里说不出话。那上面还有针脚线头，恐怕是准备做成毛毯或是披肩。旁边村子的人都在劝我说大过年的，好好说话，不就一只狗，又不是金子，再去买一只之类的。那一刻我真的再也忍不住了，我抱着威廉的皮毛跪在院子里哭了起来。回到车上的时候，我手还在抖。

我给父母打电话，说威廉被表舅杀了，外婆还要把它做成披肩。我妈说杀了就杀了，我早就想弄死了，养这么个玩意儿在家里，是人住还是狗住？你多大了？你能不能懂点事？你在外婆家吼什么呢？外婆年纪大了你不知道？人畜不分的玩意儿！狗重要还是人重要？你那么喜欢那只狗，死去！你跟狗一块死去！

从那一刻我就知道所有带我去北方探亲都是假的。让我离开威廉，在没有我的庇护下轻轻松松地杀死它，这都是策划好的。

我无法想象威廉在临死的时候多么恐惧，它一定希望我能再次出现在它的面前。它那么乖，我睡觉时它都轻手轻脚的，看见小婴儿也不会大吵大叫。我根本无法想象为了得到一整张完美的狗皮把威廉引以为傲的金黄色皮毛硬生生地割下去的时候它有多痛。威廉被挂在树上剥皮放血的时候，它是不是还有一丝相信人类，认为这只是一个游戏玩笑，等待着我放它下来？如果我没有离开它，如果我在场，哪怕我就是出发前动摇了一下我的想法，威廉也不会死。

时至今日我仍能从亲戚们的口中听到他们饭桌上议论威廉的语句。

“那狗被打死的时候一声没叫，没见过。真的不叫。”

“什么狗，我看就是农村土狗子。”

“狗子还当个宝一样的，吃得比人都好。”

“狗养那么大，不吃，还养着干吗？”

“肉真香……”

我听了太多，唯独一句在我脑中挥之不去：

“那狗被打死的时候一声没叫。”

威廉始终想不通，自己究竟做错了什么让这些人动怒了，也许它觉得自己还不够乖，只能害怕得一声不吭祈求他们的原谅。蜷缩在墙角祈求人们不要用铁锹打它，它只想乖乖地等我回来，可为什么还要受到这样的“惩罚”？只能埋着头，任由铁锹一锹一锹砸下，也许这一锹结束，他们就原谅我了吧，它想。

可那些抽着烟、谈笑嬉闹议论的人从始至终就没打算要原谅它。

直至骨肉烧成菜肴都没打算原谅它。

直至皮毛做成披肩护膝毛毯都没打算要原谅它。

甚至我拿走了它的皮毛，都有人问我埋在哪里，要去偷偷挖出来做护膝。要去榨干它最后一点价值，这些人不会原谅它。

我和威廉一起玩水的照片一直放在我的钱包里。

自那之后我就离家去了上海，我再也没有去过外婆家。我现在还是不敢相信，我的威廉就这么死掉了。我在上海经常看到有人在路上遛狗，看到金毛的时候，我还会上前问问能不能摸摸。主人同意后我便蹲下来摸着它，像摸着威廉一样，幻想这就是我的威廉，小声地在它耳边说一句：

“威廉，对不起。”

我教你听话。

我教你退让。

我教你安静。

我曾吼你让你收敛利爪。

我曾打你让你不许嚎叫。

我曾让你觉得我们可亲。

对不起，我教了你那么多没用的东西，却不曾教你反抗。

被人伤害却傻傻的没有逃跑。

你一定很恨我吧。

我把皮毛和你最喜欢的玩具鸭埋在我们经常游泳的岸边，我不会站在岸边催你回家了，你可以一直开心地玩水了，我和大黄鸭都来陪你了。

威廉你别怕啊，他们不会欺负你了。你放心大胆地游吧！我和你喜欢的鸭鸭都在这陪着你啊！

“汪！”

2020.3.20

不知怎的，想再养一只狗。

本来这辈子再也不想养狗。

但是那天路过一家宠物店，推门的时候，风铃随风响动。有一只狗狗窝在墙角里嗅到了什么，突然起身。看到它的第一眼，心里竟有了一丝悸动。

我的心跳得很快，手心也在出汗。

它跟威廉出奇地像，下巴有一块黑色的杂毛，眼角也有一小块划痕，威廉是一岁钻草丛时弄伤的。

对视第一眼后它就向我飞奔过来，开始疯狂地嚎叫，眼里跟我第一次见到的威廉一样闪着光。

它跟威廉一样活泼，好奇，听话，懂事。

仿佛在说，是我呀！是我！我等了好久呀！你终于来接我了！

不停地在我身边踱步，用了浑身解数吸引我的注意。

不知为何走进那家宠物店。

但我想，一定是你吧。

兜兜转转你又回来了。

我开车载着它回家，跟我们第一次见面一样。

一样的天气，一样的时间，一样的心情，埋藏心底很久的秘密像是得以释怀。

朋友坐在后排摸着狗狗，打趣地问道："狗狗叫什么名字呀？"

阳光透过路边茂密的梧桐叶印在脸上，我的眼前多了几分光亮。我注视着前方的路，深吸一口气，终于鼓起勇气说了几年前曾说过的一句话。

"那就叫它威廉吧。"

耳边呼啸而过的风令我已听不清自己刚说的话。

狗狗却应声而叫，起身朝我望去，仿佛隔世已等了好久。

我的心猛地一怔，停下车，回头看着它。

我小心尝试着又喊了一遍藏在心里一直不敢喊出声的名字。

"威廉……"

"汪！"

这一声比刚才那一声还要响亮。

"威廉。"

“汪！”

这声回复像一记重拳把我拉回了过去：一起游泳，跑步，一人一冰棍的黄昏；或是旅行时的豪言壮语，一人一狗仗剑走天涯的梦；或是威廉汪汪汪时要吃骨头的兴奋。

狗狗迫不及待地跳到了前排，在我身上不停蹭来蹭去，嗷呜嗷呜的好像在哭诉着什么。我抱住它，像抱住久别的老友，把头埋在它的背上哭得不能自已。我有很多故事想告诉这位不会说话的老友。告诉它，我在街上遇到每一只像它的狗都会跟在后面很久，只为多看几眼。告诉它，我曾梦见和它一起在河里嬉戏的样子，或是苦苦哀求他们别杀你，午夜梦回已泪湿枕巾。在空荡荡的房间里喊你的名字，摸着抱枕假装跟你对话自言自语。你的名字成了我一辈子最短的咒语，光听到就心头一紧。

威廉，你从未离开我，一直都在找我，你找了我很久，吃了很多苦，对不对？你还记得我，你舍不得丢下我，对不对？

威廉，好久不见。

你还认得出来我吗？我比以前壮了，高了，头发也长了，我已经不是曾经那个少年了。我也认识了一群新朋友，我会慢慢带你认识他们。好像你也变了，你变小了，你没了傲人的金黄色火焰般的毛发，跑起来还会那么好看吗？

我来接你回家了，我们回家吧。

我没骗你吧，我带着零食来的。

不过，我把你喜欢的鸭鸭弄丢了。

没关系，我们再去买一只。

走吧，我们去买你最爱的玩具鸭。

威廉！我们冲呀！

2020.4.13

我一直相信威廉和其他的狗不一样，它的毛发比其他的狗颜色都要深很多。我把它的皮毛埋在了岸边，我想，它不舍得我丢弃它金黄色火焰般的毛发，怕我忘记它，所以特意带着这个标记找到我。它跑起来还是像一团火焰一样，阳光照上去依旧闪闪发光。只是它好像忘记怎么“恭喜发财”了，我也不会再教它了。它很听话很乖，还是很喜欢小婴儿，对手推车里的婴儿充满好奇心。

四月的樱花已经开得很茂盛了，我还记得你追着樱花落下时跌跌撞撞的样子。我又带你回到樱花盛开的公园，你呆呆地看着樱花出神，忽然扭过头冲我傻笑。我微微一怔，你笑得这么开心，是不是也想到了什么？

我知道。

因为，这次我不会离开你了。

—— 再来一次的话，我还是会选择爱上你，不过再有一次的话，就让我先走吧。

老师

他的冷漠像是一记响亮的耳光，打醒了我，也正好切断了我们之间的那么一丝丝情分。

2016.6.7

喜欢上自己的老师是一种什么样的感觉呢，大概就像是怀揣了赃物的盗贼吧。即使心里的那些见不得光的想法常常会让自己抬不起头，还是觉得好开心啊。

高一开学第一节课就是他的课。他穿一件浅蓝色牛仔质地的衬衣，戴着无框眼镜，高高瘦瘦的。其实看到他的第一面只是觉得，哦，原来是个男老师啊，希望不要太难相处吧。

他用了两节课的时间跟我们天南海北地聊。上他的语文课真的是一种享受，他带着我们跟着他的思路走，不紧不慢，不慌不忙。

第一周他让我们写一篇周记，内容是本学期的计划。无奈我一直

是个不会对两个小时以后的事情计划太多的人，于是，那一篇周记，大概是我这么多年写得最差的一篇。通篇只有三句话：“学会写作文，尽量学好数学，认真听课”，不巧的是偏偏我把周记本落在了宿舍，上语文课前才取回来交给了他。他大概翻了翻，然后，就以我的周记作为典型案例开启了吐槽模式，一句一句地找我周记里的漏洞。他并没有提我的名字，但我还是想找个地缝钻进去再也别出来。

第二周的周记本交上去之后，同学的都写好评语发了下来，只有我的周记本不见了踪影。去问课代表，她一脸无辜地跟我干瞪眼。没办法，只能自己去语文办公室找。

他正在做课件，我说：“老师，我的周记本没发。”他找了找，然后拿给了我。

他说：“写得不错啊，这是你自己写的吗？”

我答：“嗯。”然后转身离开。

出了办公室后，翻开本子，评价只有寥寥数语，但是他真的明白我想要表达的东西。其实还是蛮意外的，因为一直以来，我遇到的语文老师给我的评语要么是“我喜欢你的文字”，要么就是简简单单的一个“阅”。

第三周的时候，周记本又没发给我。去老师办公室找，他拿着我的周记本说，看你第二篇周记的时候，我以为你是抄的，但是看了这篇，我确定你是自己写的。

他说，你写得不错，要多写，感觉你写的东西不像是你这个年纪能写出来的。

他说，你一定要多写，想到什么就写什么。

他说，你的文字已经有自己的风格了，接下来，就要加强思想上的深度。往深了挖掘。一定得多看书。

……

走出办公室的时候，腿都是抖的。人生中第一次，有一个人跟我讲，你可以。

后来一直是这样，我写他看，他再写出自己的看法。

很快，高一第一学期结束，到了期末考。考之前我去他办公室背《离骚》。背完他留我长谈，聊了很多，关于我的家庭和未来。他建议我去学播音主持。播音主持其实是我一直以来的梦，但因为家里的原因，一直压在心里。

然后，在他的最后一节课后，我把写给他的信放在了他的办公桌上。

他被同学拖住问问题，我下课铃一响就飞奔出去，拿着信的手一直在颤抖。不知道他看到信的时候是什么表情，一定很有趣。

高一下学期分了文理班，他带理科班，而我学文。后来跟着宿舍里的人去办公室看他，聊了很长时间。他一直对着我笑，而我则一直

想躲开他的视线。（舍友跟他吐槽我睡觉打呼……他笑得开怀。）

“老师，我以后还能写周记给你看吗？”

“可以啊，你准备两个本吧。”

“这样会不会给你加重了负担？你那么忙。”

他看着我笑：“没事儿，我反正是要看其他两个班的周记，顺便连你的一起看了。”

于是，即使他不教我，我的周记也依旧给他看。其实我是有私心的——不想与他渐行渐远，就厚着脸皮去建立联系。一度很后悔。如果没有联系，大概我也不会发现自己喜欢他吧。

后来换宿舍，我跟他吐槽宿舍里的姑娘。他说，如果一开始知道你会考这么差，我就帮你进到实验班了，我还跟实验班的老师说过你呢。我开玩笑说，你现在也可以帮我啊。他说，现在晚了。我笑笑说，没事儿，那样对其他人不公平。他说，哪有什么公不公平的。

有一天，以前宿舍的一个姑娘突然过来找我，说要跟我一起遛操场。她突然来找我其实还挺意外的，分了班后，我们联系也越来越少。果然，她说，去数学办公室问问题的时候碰到了咱语文老师，他说你最近心情不好，让我多过来找你聊聊。于是我们聊了很多。

那段时期我很迷茫、很慌乱，身边发生了很多事情。我以为我能表现得波澜不惊，可还是被他轻易看了出来。后来陆陆续续地有以前的同学来找我，都是他让她们来安慰我。最后一个来找我的是我根本不认识的一个热情活泼的姑娘。姑娘是学校文学社的社长，也是他现在所带的班的班长。姑娘说，他跟她说了我，要她接收我进文学社。我何德何能呢？很想哭啊，因为他给我的这许多温暖。

我犹豫了很久，还是进了文学社，也是进去之后才发现自己同别人的差距。我从来就不是天生赤诚的女生。不知道为什么，我一直以来都是这个样子，不温不火，自卑且懦弱。

之后，所有的负能量积压在一起，我得了重感冒，头晕恶心，趴在桌子上起不来，上语文课时也是这样。下了课，我就被范老师叫到办公室训话。她说，因为你不说一句话就趴下，带动得全班同学趴倒了一片，你为什么不跟我说一声你难受，尊重是相互的……行了，你回去吧，把高 ×× 给我叫来。她说我的时候，我很想吐，但没敢跑出去吐，忍了下来。当时，他就在我左前方坐着，平时一到课间就被学生包围的他，偏偏那天很安静，周围一个人也没有，与我只是一步之遥。

真难堪啊。我走出去的时候，一直不敢看他，就想快一点再快一点离开他的视线。

没想到他出来叫住了我。

我走过去，收起不好的表情，对他笑。

他看着我问：“你怎么了？”

我两只手背在身后，抓着及腰长发来回绕圈，对他笑笑说：“感

冒了不舒服。”

他抱着我的周记本在胸前：“吃药了吗？”

我点点头：“吃了。”

他看着我，一脸关切的表情。

“看你的脸色这么不好，回去好好休息吧。”说着，把我的周记本递给了我。

我抱着本子一直一直往前走。

回到班里，我打开周记本，里面夹着一张纸条，是用红笔写的，字体飘逸，只有九个字：范老师说你，别太在意。

我眼泪唰的一下就涌出来，不顾周围那么多人的存在，我坐在座位上，捂着眼睛，狠狠地哭了一场，哭得稀里哗啦，淋漓尽致。我活着的这十几年间所得到的温暖，屈指可数。而他短短几天给我的温暖，就超出了我所能承受的范围，也足够我在日后拿来酿一壶暖暖的酒了。

哭完的第二天好了很多，上课铃响起的时候我从英语办公室跑出来，碰到了正准备去上课的他。我跑过他身边，他边走边转身看我，很惊讶的表情。大概是我转变得太快了吧，昨天还要死不活，今天就生龙活虎。他挡住了我们政治老师，政治老师说：“哎呀，哎呀。”他转过头看了政治老师一眼，然后转头看我。我站在班门口，捂着嘴朝他笑。

他后来问我，你前两天怎么了？我说，就感冒嘛。他说：真是感冒吗？我点点头。他看我一眼说，要照顾好自己啊。

……

我是什么时候确定自己喜欢他的呢？是某一天跟我关系很好的舍友手机没电了，她很着急。当天正好有他的晚自习。我说，要不去李老师的办公室充吧。她迟疑地问，你敢吗？我硬着头皮说，没办法啊，班主任今天又不在办公室。于是鼓起勇气敲响了他办公室的门。他正在看手机。

“老师，你今天下了晚自习还回办公室吗？”

“怎么了？有什么事吗？”他停下玩手机的手，抬头笑。

“手机没电了，我想充一下手机。你要是不回办公室的话就算了，真的。”

“没事儿，你充吧，我不也正在充吗？”他把插板拿起来放在一摞书上。

“那谢谢老师。”

“正好我要找你呢，这两天考完试了，你也不忙，把你的文章挑个四五篇打成电子版发到我邮箱里吧。”

“是哪几篇？”

“挑你觉得满意的。”

“没有啊。”

“谦虚了吧。”他抬头看着我笑。（其实是真的觉得自己写的东西

上不了台面。每一回写完周记，第二天去了学校就会放到他的办公桌上，我怕拖得越久，就越没有勇气给他。）

“真的。”

他笑着看我，我说：“我没有你的邮箱地址。”

“我之前不是给过你吗？”

“忘了。”

他撕了张纸，开始写邮箱地址。他把纸递给我的时候说：“我好像还没有你的手机号吧。”

“……那老师我先走了。”

“嗯，去吧，你是在 4 班吧。”

“嗯。老师再见。”

快下晚自习的时候，舍友突然捅捅我的胳膊，示意我看门口。我顿时愣在了座位上，舍友又戳戳我的胳膊，一脸的恨铁不成钢。我猛地站起来跑向门口，惊到了班里的人，但我无暇顾及。

他站在门口把手机递给我，说：“是你的手机吗？”

我双手接过说：“谢谢。是同学的。”

他看我一眼，转身离开。

楼道里昏黄的灯光下，他的背影渐行渐远，然后拐弯，消失在我的视线内。我转身回班，走廊的尽头一片漆黑。回到座位上的我心跳越来越快，愣在座位上不言一语。舍友突然打了我一下，我回过神来不解地看着她，她语不惊人死不休："你是就怕咱们班同学看不出来你喜欢他是吧！"

是感动吧，我想是的。现在也是，只是这份儿感动比起之前来，多了一点儿不愿说与人知的东西。

仔细想想，他那么温柔的人，每次在课堂上夸我的时候，都很高调。大概也是看出了我骨子里的自卑吧。一开始知道自己竟然喜欢他的时候，会觉得自己挺无耻的，自己的喜欢，对他也是一种侮辱。但现在慢慢地接受了这个事实，也在努力跟自己说，你对他只是崇拜。

我想，我一直会是学生的身份。不会逾越，不会说喜欢。就这样不温不火地过完接下来的两年。我想我会遇到比他更温暖的人，只是，那份儿心意，一定是不一样的。

谢谢你啊，老师。

几个星期前的周四，他有晚自习。第一节晚自习下了以后我去办公室找他，也是第一次鼓起勇气跟他讲："老师，你有时间吗？我想跟你聊聊。"

他抬起头看我，一脸疑问。我乱了阵脚，语无伦次一会儿后，深吸一口气，然后镇定了下来，开始理清头绪跟他讲话。

我说我很纠结，大家都说我写的东西假，但问他们如何改，又没有人知道，我自己也不知道该怎么办。我真的是非常不喜欢自己写的东西。

他说，不要改，为什么要改呢，不需要改。

他说，如果因为别人的一句话就要改文风，那你不就成了邯郸学步了吗，以后就什么都不像了，你会后悔的。

他说，我以为你是那种能够坚持自己的想法的学生呢，没想到你也跟大多数人一样……不过你们这个年纪也正常。

我沉默了一会儿回答他，有点儿小自卑吧。

他说，不是，不是自卑。不过没关系，你这个年纪倒也正常。

我大概问了他很多次，真的不用改吗？他每一次都是看着我的眼睛，很认真地跟我说，不用改，不需要改。

他笑笑："你看了我写给你的评语了吗？我记得我在上面写，有时候看你写的周记，我也会跟着你的思绪想到我的青春。也有那么几分钟，思绪会飘很远。其实也要谢谢你。让我有那么几分钟自己的时间。继续写吧，风格不要变，内容可以多写一些积极的。有的时候看你的文章其实挺压抑的，你文字里的情绪是能够感知到的。"

我说，是会变得压抑嘛。内容啊，那我试试吧。它对你来说不是负担就好。还有就是，上了高二大家时间都会比较紧，要不改成两周一次或者一个月一次？

他看着桌面，说，两周一次……还是现在这样吧，一周一次。一周总要有那么一个小时的时间静下心来好好看一些文章的，也该腾出时间看些东西了。

我指着我的周记本理直气壮，那也应该看一些好一点的文章，而不是看这个啊。

他看着我，什么是好，什么是坏？

我无言以对。

他起身拿起本子说，坚持下去吧。

我转身往出走，想到走在我身后的是他，就觉得好像连走路都不会了。然后走出来说了再见，他锁门，我往教室走。突然听到他的声音，但没有听清他说了什么，于是转身问他："什么？"他低头锁门，"谢谢你和 W 的礼物。"

"你喜欢就好。其实本来想让你看《群山回唱》的，可是书店没有了。"

他抱着本子走到楼梯拐角处转身笑笑："下次吧。"

……

20 分钟。课间只有 10 分钟，我迟到了 10 分钟，却也是用任何东西都不会换的 10 分钟。

前几天学校开运动会，本来想请假，后来因为有他的参赛项目，我留了下来。运动会那几天过得特别不好，鼻炎、支气管炎、肠胃炎一起复发，也没请假回家。有一天撑不住在宿舍待了一上午。下午的时候去操场看他的比赛。学校开运动会，除班主任外的其他老师如果没有比赛项目是可以不用到的。运动会开了三天，他只到了两次，开幕式的上午，以及有参赛项目那天下午。

下午的时候我跟着舍友去操场，一直在操场找他的身影，学生会

的人不断来催（不允许闲杂人等留在操场）。后来，舍友打电话给我："他过来了！正从楼梯上往操场走呢！"我跑到楼梯旁边，一眼就看到了他。不知道怎么想的，我就那么傻傻地跟在他后面，威胁舍友帮我偷拍他。

大概是我们的动作太大，他无奈地回头问我："你在这儿干吗？"

我停下来，惊讶地看着他。我可是戴着口罩呢，他竟然能认出我来。

"来看老师比赛啊。"我笑着说。

"你怎么了，感冒了吗，还是鼻炎？"他面向主席台，好像在找什么人的样子，边找边心不在焉地跟我说话。

我站在他的左手边，看着他的侧脸说："都有。"

麦克风的声音太大，他没听清，耳朵侧过来说："什么？"我愣了一下，又重复了一遍。

他耳朵侧过来的那一瞬间，是我们靠得最近的时候。他真的不抽烟。

后来一个老师走过来，他好像看到救星一样，跟着老师离开，什么话都没说。我被扔在原地，不知道要不要再死皮赖脸地跟上去。

一直在我身后帮我偷拍他的舍友跑过来说，他走了，我们走吧。

后来舍友说，这事儿我做得小气了。就算我大大方方去跟他要求合照，他也并不会拒绝。这样偷偷摸摸，反而让人不舒服。真的是无奈，遇到他，智商就自动下线。遇到他，也是十万分的后悔吧。可是再重来一次，我想，我还是会选择这所学校。下定决心放弃他的时候是十万分的决绝，放不下他的时候是十万分的无奈，对自己无能为力，是十万分的抱歉。

2016.10.15

突然醒悟过来。

前两天有作文比赛，去语文办公室报名。人很多，我就一个人站在队伍里无聊抠手。后来实在受不了就回班上课，刚到班里，语文老师就让别的班的同学来叫我。

我问那同学:“哪个语文老师啊？男的女的？”

同学一脸疑惑地问我:“就你们语文老师啊，咋的，你们还有两个语文老师？”

我推门进去，他周围围了一圈儿同学。我走到徐老师的办公桌前写各种比赛需要的资料。要贴照片的时候，没有双面胶，徐老师说在他那儿，让我问他要。我侧身伸手拿了过来，说:“老师，借用一下双面胶。”他没有理我。然而，双面胶用完了……一点儿都抠不下来。徐老师转身叫他的名字说，双面胶没有了。他转过身看我一眼然后说，出去买一卷儿吧。你有钱吗？我点头离开。

买回来后贴了照片，写资料的时候，脑子里不知道在想什么东西，竟然在“学校名”处，写了“高二 16 班”，因为资料不能涂改，只好再去向语文组组长要一张资料表。正巧资料表不够用，组长就让我去文印室再多复印几张。

我脑子里乱成一团，拿着那张纸傻站了一会儿后正准备去复印，他走过来问：“怎么了？”

组长说：“纸不够了，让她再去多复印几张。”

他拿起我填错的资料卡：“这儿写错没事儿吧，划了重新写不就行了？”

组长打断他：“不能写错，不能乱。”

他从组长的桌子上拿了一张新的资料卡说：“这不有呢吗，哪儿不够了，照片撕下来贴上就行了。”说这话的工夫，他已经把照片贴到新的资料卡上递给我说：“再去重新写一下吧。”

……

后来所有东西都弄好去排队的时候，他突然说：“胶带买回来了，学生去买的。”他说了我的名字，声音不小，全办公室的人都扭头看我。我很尴尬，傻站在队伍里发呆，一圈老师旁观我，当时真的想找个地缝儿钻进去。那么多人看着我，我只好回了一句：“对，是我买的。”

真的是很尴尬。

回班后跟同桌吐槽他，同桌一脸不能理解地说：“那不然你希望他怎么样，你是学生，他是老师。你们就只能是这样。”

我的笑容凝结在脸上，扯了扯嘴角，大概笑得很难看吧，我跟她说：“我知道啊，但是没办法。”

同桌歪着头：“我觉得你真的很奇怪，你到底把他当什么呢？你到底在想些什么？老师是老师，学生是学生，不要说其他的，就连‘成为朋友’这一点，你们都不可能。”

……同桌说了很多。

其实怎么会不知道呢？知道是一回事儿，做到就又是另一回事儿了。从那天跟同桌聊完以后，好像整个人都清醒了过来，发现自己这一年都活得跟个笑话一样。总觉得自己的生活是恶俗的言情剧，没想到演到最后是让人捧腹的一个闹剧。所以，到此为止吧。我的青春不该是这样。我要做有趣的人。

2016.12.1

上晚自习跟同学在楼梯口聊天，正好碰到他。他看到我顿了一下，然后叹了口气说：“下课去办公室找我。”没等我回答就自顾自地上了楼。我呆立在楼梯口，看着他的背影，轻声说：“好。”

然后一整节晚自习都在心慌，在想他是不是知道了什么，或者是我有什么不对的地方……

下了课先到楼下吹了会儿风冷静了一下，才去了他的办公室。他正在跟学生谈话。我进去后，他只是把周记本递给我。我出门的时候，他说了句：“接着写啊。”

我回头，见他正低头，只好回他一句：“好。”

这之前有将近一个月我没写周记。每次都是跟他说：“老师，我这周没写。”

第一次说的时候，恰好快要期中考了，他笑着说："好好复习吧。"

第二次，他问我："为什么没写？"

第三次，他说："你还写吗？""别懈怠。"

我并非不想写。只是想跟你的交集少一点。再少一点。

2016.12.27

周二，他有晚自习。我没有像以前一样，一下晚自习就狂奔出去。不知道为什么，他总是很匆忙，晚自习的下课铃响起的时候，他已经离开了教学楼。只有飞奔，才有可能看到他的背影。

大概成年人的世界总是忙碌的，于是习惯性地脚步就越来越快，以至于，路边的景色对他们来说不值一提。所以每一次下了晚自习，我总遗憾他看不到这样美好的月亮。

其实也跟他说过很多次。

"老师你看今天的月亮了吗？很美！"

"老师，梨花开了，下班路过的时候停下来看一看吧。"

不知他后来是否驻足过，只是下一次再问他的时候，得到的总是失望的答案。我总觉得他的生活里不应该只有柴米油盐，却也总是忘了他身上的担子有多重。风花雪月这种事情，大概也只有年轻的时候才最在意吧。

前两天听同学说，他在晚自习的时候打了人，扇的耳光。楼道里响彻着他的愤怒，吓到了一众学生与实习老师。我不知道是不是真的，但我并不惊讶。

他的脸上总挂着笑容。初次见面时会以为他是很好相处的人，但他的笑容背后其实隐匿着一座又一座无法攀登的险峻山峰，将他与外界很好地隔离开来。我们以为的平易近人，其实是疏离。

还是希望他能够活得轻松一点。

2017.3.25

“我其实不愿意与你面对面交流。我怕我的浅薄无知在你面前暴露无遗，我怕我的毫无长进会让你觉得不值得关注我良多。所以我只有逃避。只能逃避。”

上上个礼拜去他办公室拿周记本的时候，他说他看完了《追风筝的人》，想找我聊聊。那天正好是周四，他有晚自习，问我有没有时间。我说，啊？我晚上要补课啊。我以为他会就此作罢，没想到他说：“那周二吧，周二你补课吗？”

当然不补课啊，是你的话，什么时候都可以的。我其实是想这么说的，但最终只是点点头离开。

周二的时候，特意让室友帮忙编了头发，很可爱的样子。满怀欣喜地早早就在班里等着，50 分钟，30 分钟，20 分钟，10 分钟，60

秒……时间一分一秒地过去，欣喜的泡泡一个一个破裂，剩下的只有酸涩。上课铃响起的时候，我出乎意料地平静，整理好晚自习要用的书去跟好朋友坐。要怎么说呢，舍友给我编头发的某个瞬间，我脑子里闪过一个念头：“开心成这个样子，万一并没有像想象中的那么顺利你要怎么收场？”总是这样，别人许诺的事情，一旦开心得忘了形，那这个承诺就是一记耳光。好在，没那么狼狈。

后来一切照旧，不能谈的就写出来吧。上个礼拜我写了《追风筝的人》的读后感。周二去拿周记本，正好是一个小时的课外活动时间，语文办公室里很多人在领一轮复习的资料，他老神在在地端着保温杯站在办公室门口吸溜着喝水。我拿了本子往出走的时候他叫住我，说：“你是周四补课吧，今晚有时间吗，我们聊聊。”要怎么形容那一刻我的心情，就好像空气里瞬间开满了花一样，办公室里落日的余晖烫得人眼泪都要下来。

出了办公室，不自觉地狂奔回班，一路撞到很多人，但我无暇顾及。哈，管他的。

当天晚上洗了头，又让室友帮忙编了头发，画了眉，涂了浅色的润唇膏，早早地去了班里。他的办公室不曾亮着灯，我不喜欢等人，非常非常非常不喜欢。我拖着同桌去楼下遛弯，再回来的时候，他的办公室里亮起了灯。可我却没了推开门的勇气，正好同桌要我陪她去打水，索性先打完水再说。走到他办公室门口的时候，同桌很大声地喊了我的名字，我狂奔过去捂住她的嘴，不敢想他的反应。

等我做好心理建设的时候，离上课只剩了三分钟。我推门进去，他正在玩手机，并未搭理我。

我开口叫他：“老师。”

他抬起头，面无表情地看了我一眼，又低下头继续摆弄手机。

我站在门口，既尴尬又窘迫。

大概有一个世纪那么久，我正准备转身离开的时候，他放下了手机，上课铃声响起，他说：“怎么才来，都上课了。”

我干笑了两声，自己听着都尴尬：“嗯，来得有点儿晚。”

他换了个坐姿，跷起二郎腿：“都上课了。”

我说，那我先回去上课了。

他点点头：“嗯，先回去上课吧。”

“老师再见。”

最后一句话说出口，我愣了半晌，开门离开。“老师再见”，我称他“老师”。那么，便不该鬼迷心窍。他的冷漠像是一记响亮的耳光，打醒了我，也正好切断了我们之间的那么一丝丝情分。

我不再痴心妄想，也从未醒悟得如此彻底。我开始尊重他。

2017.9.7

昨天，靠着窗户看《半生缘》，有个姑娘来找我说，“语文老师叫你”。我奔出班门又奔回班里，问舍长：“我怎么样？头发乱不乱，这样儿行吗？”舍长一脸迷茫地点点头，我又飞奔出去。到办公室门

口，整了整头发和校服，深吸一口气，走进去。

他面前摆着笔记本电脑，屏幕上是满满的细密的字，桌子上堆了很多作业本。走进去的时候，他抬起头看着我。

我抬手将头发拨到耳后，“老师你找我？”

他身体向后靠着椅背，眼睛弯起来：“没事儿，就看看你在不在，从开学到现在都没看见你，我以为你转走了呢，还说怎么也不告个别。”

我把右手握成拳挡在嘴边笑笑，他又说：“你还写着吗？”

我点点头：“写啊。”他站起身来整理凌乱的桌子，“怎么不拿给我看了？不想？”

我迅速用力地摇摇头：“没没没，就是，上次你不是说让我写吗，也没说要交，我以为是你高三太忙顾不上看，就没拿给你。”

他停下来看着我：“也没有很忙，你继续写吧，写了就拿过来，我还是继续看，好吧？”

当然好。

前两天看到一段很喜欢的话：

世界没你想象的那么好，

世界也没你想象的那么坏。

你过来，来我身边。

月亮不抱你，时光摧毁你。

可我爱你。

我希望有一天，我能对另一个人说这些话。

2017.11.24

“路灯一瞬间亮起，耳机里是东篱缱绻低沉的声音，心里掠过无数惊鸿。想起一直想写但一直没写完的那篇周记。有点儿难过。从前有那么多话可说，是因为那个时候最大的烦恼也不过是，为什么郭嘉又不理我。到今天，太多说无可说的事情。想倾诉的欲望越来越淡，也就写不出什么了。抑或者，从前我所欲与之倾诉的那个人，到了今天，我已不再想让他知道我的生活。还是很难过。或许，该跟他去讲，写周记这事儿停一阵子吧。”

后来我在这一篇周记里写：“一篇周记写了三周，还写成这个样子，也是难过。觉得自己越来越不知道要写什么，所感知到的，大多都是浅薄。我不想写了，老师，写不出来了。很多事说无可说，很多东西不想诚实，写出来的东西，连拿给你看的勇气都没有。抱歉。”

到底放不下，第二天一早又涂掉。

也是没出息啊。

还有 195 天，高考，然后离开。

2017.11.29 00:28

整理以前的笔记本，偶然翻到他的手机号。四处寻而不得，却在笔记本上看到了这 11 个数字。成功用手机号搜到他的微信，我握着手机犹豫再三，还是没敢添加他为我的微信好友。

好姐妹从水房回来，我抓住她的手问:“他的微信号！我加不加？”

“加呀，当然加！就别主动跟他说话就行了。”

她的话没说完，我已经点了添加键，等待验证。

这会儿有点儿后悔，不希望他不同意，又不想要他同意。离高考还有 190 天，我们之间的距离也渐渐地越拉越大。还是希望有所联结。还是想跟你说说话，不用很多，过年过节的问候足矣。

悟已往之不谏，知来者之可追。实迷途其未远，觉今是而昨非。

2017.12.23

在公交站等车的时候，看到车上一个中年男人站在驾驶室旁边能看到很好的景色的地方，自然地想起了高一下临分班上的最后一天课。那天的语文课听得并不认真，忙着用白纸做信封，你都讲了什么真的不太清楚。

后来那天回家的时候，我站在与那个中年男人相同的位置。公交车开起来的时候忽然飘起了雪。我站在挡风玻璃前，看着一大片一大片雪花撞在玻璃上，分崩离析。就是到了那一刻，我才回过味来，我们之间的联系大概也到此为止了，要散了。那一路上，我的脑子里心里就只有这一个念头，与之而来的就是后悔，很深很深的后悔。要是能认真地听你讲课就好了，要是能再认真一点就好了。要是下学期再遇见你就好了。

而现在，还有 160 天就毕业的现在，我们之间的交集，真的少得可怜。

但，就这样吧。不平不淡地过完这 160 天。我去我的大学，过我的人生。然后很多年以后，你还是我的老师。最喜欢最喜欢的老师。

希望你过得好。希望我能成为你欣赏的，让你在学生面前引以为傲的人。

老师，我不想继续写了。

为什么？

也没为什么，就是写不出来了。

嗯……累了吗？

没有。

累了就缓一缓吧。休息休息吧。

嗯。老师再见。

2018.1.13

这些字，断断续续也写了将近两年。好的，不好的，开心的，难过的，不喜欢的，那时的很多事情，到今天，都已经很模糊了。我向来不是个记性很好的人。关于你，我所能记住的，也就是那节晚自习，你叫我出去，把放在你办公室充电的手机递给我，然后笑笑转身离开，楼道里暖黄色的灯因为你渐行渐远的脚步声亮起又暗下，我站在班门口照射出的那一方白色的灯光里，看着你的背影在拐角处消失不见。

很难形容那一刻我的心境。当然也就是因为那个时候，那一瞬间快要蹦出胸腔的心脏，才发现，才决定，才敢承认，真的喜欢上了这个人。不可救药。

后来也因为太在乎太喜欢太自卑，做了很多蠢事。比如看到你的一瞬间低头转身走向相反的方向，比如答应了聊一聊又没勇气推开门去跟你聊，让特意早来的你等了那么久，比如对你说的每一句喜欢你都变成了注意身体，把最喜欢的大白兔奶糖装入白色方格的小盒子里拿给你，只是因为那天你当着我的面，把那颗我放在你办公桌上的大白兔剥开放进嘴里，然后笑着说，很久没吃过了，挺好吃的。比如，前天，在楼梯拐角遇到你，猝不及防与你对视，我下意识地转头假装没有看到你惊愕的眼神，然后挽着姐妹的手离开。姐妹的手被我捏出四道红印子。

我知道我没有礼貌，不尊重你，可这也只是对你。所有的惊慌与不知所措，所有的局促与不敢面对，都只是对你。只有你。

但是，也不会再是你。

那天，在语文办公室帮老师批改默写纸，你的课代表坐在你的座位上，那块红色方格的坐垫，我在放本子的时候无数次地扶正过。她坐在那块垫子上，用你的笔记本电脑修改自己的稿子。你端着水杯站在她旁边，跟她聊郁达夫，聊巴金，聊托尔斯泰。很闲适惬意的氛围，我站在你身后的桌子旁，手越来越凉。

原来你跟我聊的那些，跟其他人也可以啊。我所以为的那些“好”，你也可以给别人。

我不要了。

如果也可以给别人的话，就别给我了。

到此为止。

2018.2.18　20:23

拜完年回家的路上，在不断倒退的深蓝色夜空里，看到黄豆般大小的昏黄光亮，歪歪扭扭地缓慢爬升，如一颗散落尘世的星子。有时候想，或许我们就像宇宙中的行星，每一颗都有其运行的轨迹，在哪里，遇到谁，都不过是注定。又或许，我们只是飘浮于偌大宇宙中的一粒尘埃，周身万千星子，都是不可知，飘浮本身就是我们存在的意义，因而我们会拥有不自知的自由与快乐。所以，喜欢与否，都不重要。

不重要。

2018.5.19　19:57

我是一个很懦弱的人，越喜欢，就越想离远点儿，远远地看着才觉得安全。这一点，三年前跟现在也并没有什么差别。

大概是上一周的周五，吃了晚饭回教室，在门口遇到他，与他擦肩而过。他站在教室门外，那一方小小的光影中，侧着身子问我："吃饭去了？"

我点点头，迟疑了半天才问他："你……今天的晚自习？"

楼道里有学生喧哗嬉闹的声音，他出声训斥，声音回荡在楼道里，吵闹声立刻低了下去。

他又转头放小了声音说："没有，轮到我巡视了。"

很奇怪，很久之后再见他，我竟然可以内心平静不起风浪。我转身回到我的座位，他去巡查其他班。前桌转过来很激动地指着我说："让你迟到，他刚刚在班里待了特长时间，专门跟 ×× 聊了很久。"

不明白她为什么要告诉我，这种让人心里不舒服的事情，我真的一点都不想知道。他原本就是个很有心的老师，关心学生是他的好。不是我也就不是我吧，没什么不好。心里反复念叨着"没什么不好"的我，还是趴在桌子上，被难过淹没。还是能够轻易地被他影响了心情。真没出息。

依然觉得，遇到他是我短暂的前半生为数不多的幸事。我也还是很没出息地继续喜欢着他，不知道还能喜欢多长时间，认真地喜欢，认真地开心，都是因为他。希望你们也在认真地喜欢着一个人，祝福你们的喜欢能够被认真对待。

高考的人儿们，高考加油，一起昂扬。

2018.5.31

今天拍毕业照，远远地看见他在老师堆里笑得灿烂，跑过去在一边等他拍完。他呢，一边讲电话一边笑着，站在为了拍照队形而搬来的课桌上，一身黑色显得更加清瘦。年过三十的男子，还能单纯热烈至此，真的难得。

他本身就是难得。

往后余生，冬雪，春花，夏雨，秋黄，四季冷暖，多少艳丽与缤纷，都不及他一笑。

等了很久，远远地观望，越等越不敢去找他。

后来他们终于拍完，心里想着要是有人找他就不去了，要是哪个路过他的姑娘挽了他的胳膊拍照，就不去了。

但都没有。好在没有。

我就站在离他一步之遥的地方，他侧着身子像是在找什么，朋友恨铁不成钢地推了我一把。我在他身后站稳，轻轻地用指尖戳了戳他的背，他转身然后笑着说，我还正找你呢。

我也笑，花痴一样地，笑着跟他说，老师，拍照。

他痛快地点点头，虚扶了下我的肩膀带着我换了个位置，朋友帮我们拍，很可爱地跺跺脚说，别那么严肃，笑一笑呗，于是都笑开来。镜头里的我们，也是第一次看着对方笑得开心。

没拍几张，就有姑娘来找他拍照，我转身要走，他叫我的名字，我跟朋友等他拍完，他拿出自己的手机向我招手，是黑色的OPPO。这一次，他举着手机，我的脸就挨着他的肩膀。

后来朋友说，她用她的手机给我们拍的时候他笑得很官方，但是他用自己的手机跟我拍的时候就笑得很灿烂。我在心里偷偷地开心。

说回我们的自拍，他很笨，自己的手机都不知道怎么用，每次笑得刚刚好的时候，他修长白净的手都会不小心摁到关机键，黑黢黢的屏幕上留下我们放肆的笑容。

风吹乱我们的头发，他不好意思地说，哎呀，怎么摁错了。

又点开屏幕，拍了许多张，他拿手机给我看。他很高，我踮起脚，他微微弯下腰，说，看，拍得不错吧，我回头微信发给你。

这一刻，我突然就鼻酸起来，眼眶热热的，快要控制不住自己，想抱他，紧紧地抱上一抱。可是人那么多，他那么聪明，我怕我微微颤抖的手泄露了我的小心思，见不得光的心思。所以转过头，背对着他的目光，用力地点点头，然后拉着朋友逃离。我多想抱一抱他。

后来去办退宿手续，办完后去办公室跟他告别，想着要抱上一抱。推门进去的时候他在看手机跟其他老师聊天。

看到我进来，他收起手机对着我笑。

我走到他跟前站定，我说，老师，我今天下午就回去了，来跟你说声再见。

他微微仰起头，是不会再来了吗？

我点头，嗯，不来了。所以来正式地跟你告个别。

他又笑，有点儿伤感呢。他停顿了会儿，又说，就只是说个再见？

突然想到分班的时候写给他的信。我不会再给其他人写那样的信了，不会再有那样单纯敏感小心翼翼的心。这次，我没有写信给他。是怕，怕我藏不好自己的感情，怕想到以前那些很温暖的事情，怕我的信带给他的是难过而非开心。我们都要离开，他还在那里，还会一直在那里，停留在这个夏天，也许自由也许不自由。他已经送过那么多学生离开，大概是不缺我一个。我也不想去碰触他心里的那些对随心而行的渴望。不想他有哪怕一点点的惆怅或者难过。我的一厢情愿，我自知其苦，也自得其乐。

我愣了会儿，然后抬手搭在嘴上，也笑着说，嗯，就只是来说声再见。

他不再说话，我一直在笑，好像开心地笑。他的眼睛清亮，微微有些红血丝，半晌，我放下手，收起笑容，看着他有些红的眼睛，我说，老师再见。

他转过头又转回来，笑笑说，再见，祝你旗开得胜马到成功。坚持写作吧，接着写下去，别放弃。

我点点头说谢谢，然后又是沉默。

我想说些什么，但是说什么都不该是在那个场合，那么多老师，那么多的旁观者。我也不再说话，认真地盯着他看，觉得怎么都看不够。他那么白，眼睛里只有我的样子，让我泥足深陷，画地为牢。

越看他越觉得自己不堪，于是憋回眼泪，跟他说，那我走了。

他点点头，说，嗯。

我说，老师再见，然后转身离开，不敢回头。

关门的时候，余光看到他投来的视线，我有多不想他看着我走

开。最后偷偷地看一眼，关门离开。

没有遗憾了。我的亲爱的老师，我们再见，珍重。

往后余生，心底温柔是你。也许我会再写信给你，也许不会。你跟我说要我继续写下去的时候，我其实是想说，那我就继续写，你继续看呗。又想到你说你不喜欢网络上冷冰冰的文字，写在纸上的字让你觉得舒服。我也不太敢跟你继续保持联络。我不知道是不是应该停在最好的时候，接下来的旋律会不会走音，我们会不会没了这样刚刚好的感情。所以就，到这儿吧。我已经很满足了。谢谢你啊，老师。谢谢你陪我走这一段路，教会我如何喜欢一个人，带我走上写字的这条路。

我喜欢你。

再见。

2018.7.15

高考过去挺长时间的了，我好像天生对考试就免疫，并没有紧张的感觉，很平静地考完了那两天。没有对答案估成绩，连出分儿那天都是我爸把我叫醒，提醒我查分儿。把成绩截图发给爸爸的时候的确是很开心很激动，那是我高中三年里最高的一次分数。后来阿姨说那天晚上我爸激动得一整夜没睡着，哭着跟她说总算对得起这么多年的付出了。

我知道的时候其实挺难过的，幸好终究是没有辜负他。

我的童年就是没有童年。从有记忆开始，父母就不断地在争吵与动手之间循环，大部分的日子是我跟弟弟两个人待在家里看家，爸爸满世界去找离开的母亲。有时一两个星期，有时一两个月。其实已经记不清那些日子里我跟小弟是什么样的状态。后来母亲不再回来，起诉离婚。我爸呢，在陌生的城市里一个人抚养我跟小弟长大，有时候忙起来经常很长时间都不回来。

我 6 岁的时候母亲离开，现在我 20 岁，14 年，我以为过去那么长时间，已经可以笑谈了，可是好像还是没办法。爸爸曾经那么难过的时候没有人拉他一把。我见过他年轻时喝醉了酒一个人坐在沙发上，茶几上的烟灰缸里满满的都是烟头，他一只手捂着眼睛，一直在深呼吸。漆黑的客厅里只有烟头的一点点忽明忽暗的红色小点。我甚至都不敢走过去抱抱他。后来无数个在医院的日子，我都很想抱抱他，可是怕一低头眼泪就掉下来。

还好都过去了。终于过去了。

本来是想写选专业那两天的事，老师很认真地跟我说汉语言文学适合我，聊了挺长时间，很开心的。后来报志愿的时候他又主动问我报了什么学校，我发了志愿截图给他，他问了一大堆第一志愿相关的事儿，声音还是一如既往地好听。这些就一笔带过吧，哈哈哈。

我还是很喜欢他。

2018.8.14　08:36

“暗恋就像手电筒的光，光打在他身上，而你才是光本身。”

2018.10.12

前两天上英文课的时候，收到他的信息，老实说，吓了一跳。看到他发的这些消息，心里头庆幸已经没那么喜欢他，所以不必觉得难过。

这篇类似回忆录的东西，其实承载了我的少女时期所有最单纯最热烈的情感。心里头有喜欢的人的你们，此刻大概正在满怀欣喜吧。祝福你们能跟喜欢的人牵手一起走很长的路。

2018.12.26　06:48

其实，喜欢他这么久，对我最大的影响大概是，像他那么温柔从容的人依旧吸引我，只是我可能不再想去靠近，反而喜欢那种表面上觉得这个世界很糟糕，实则内心无比柔软的人。我已经从之前的坑里出来了，希望你们也是。祝福你们。

2019.1.25　00:01

放假回家的第二天去学校看他，拿了之前说好要给他的周记本。

很久不见，站在熟悉的办公室门口，我心跳剧烈，一瞬间没有勇气推开门，深呼吸数次，才一狠心推门进去。

果不其然，这个钢铁直男的第一句话是："东北伙食不错啊，又胖了。"

默默捂脸……

聊了很多，他问及我在大学的收获，我乱七八糟地说了很多，也不知道到底都说了些什么。后来他笑着问，那感情方面的收获呢？

我不知道该怎么回答，他又接话："还在探索中？"我笑笑，顺着他给的台阶，说："是啊是啊，一直探索着呢。"

可那么用力地喜欢之后，我大概已经没有精力再喜欢谁，压根不想再谈感情。

他建议我考内师大的研究生，我说我想去南方，我还没玩够，他淡淡地笑："也要考虑以后就业啊，就内师大吧。"

他跟我说，看书也就看必读，别走火入魔，别深挖。

他说，要确定一个研究的方向，能让你安身立命的才能，不管是一个时代，一个人，还是题材。

他说，不建议你研究 1949—1990 年的，还是古代文学吧，多有趣啊，也不受意识形态的限制。

后来他去开会，边穿衣服边跟我说："我去开个会，就 20 分钟，不长的，马上就回来。"

我在楼梯口等他。

他回来，走过来就看到我，“怎么在这儿等啊，被赶出来了？”

后来又坐在办公室聊了很久。天色渐晚，他催我早点回家。我于是离开，半路上收到他的短信“路上注意安全”。

我回家之后回他：“到家啦，放心。”

收到他几乎是秒回的消息：“那我就放心了。”

见完他之后，我几乎一整晚都处于情绪谷底。明明相谈甚欢，明明那么开心，竟然只剩下难过。

我不知道，不知道是否还喜欢。我只是最近不太想知道关于他的任何消息。不想见他。

不想见他，不想那么大的情绪波动。

各位晚安。希望你们能抱到想抱的人。

2019.2.27

老爸跟发小煲电话粥：“现在想想，那会儿咱几个把孙老师弄哭的那个时候，像一场梦一样。”

何止是一场梦。

今天陪小姐妹去做头发的间隙，看到穿着松松垮垮的蓝白校服的学生，彼此相视而笑，慨叹高考好像就在昨天。而我喜欢他，非他不可的那段时间，也停留在昨天。

怎么讲，满心喜欢地拿周记本给他，以为是他没事干的时候想翻着看看，一转身，他就给了那些个他眼里的“写作上的好苗子”。我当然难过。那些少女时期满怀期待写下的文字，是私密到只想给他一个人看的。

我也已经很少有那种喜欢他的时候膨胀到爆炸的开心。

“我认为世上仍有动情之处，可能我要历经千山万水，才能触及那一片小小的柔软。”

—— 再来一次的话，我还是会选择爱上你，不过再有一次的话，就让我先走吧。

我和爸妈的隔阂，是弟弟

可我就是没办法原谅父母，可我就是难以接近弟弟，可我就是不想回到那个院子。

木木

我弟弟四五个月大的时候，有一天，我妈妈在洗澡，弟弟在房间睡觉，我在自己房间里面看书。我忽然听到咚的一声闷响，然后就只剩下了水声。因为妈妈洗澡的时候洗手间的门没有关紧，水声很大，我以为我听错了，就没管。

接着哭声响起来，越来越大，我才意识到刚刚是不是弟弟掉下床去了，便跑去主卧看。

真的是，他哭得特别大声，我也不知道该怎么办，抱起来他还是哭，哭得我一个头两个大，也没注意周围什么情况。这时我妈进来了，一把把弟弟抱到自己怀里，然后狠推了我一把。我本来就蹲在地下，被妈妈一推，直接摔倒在衣柜门边。我还没反应过来，妈妈就吼着质问我：“你怎么他了？”

我整个人是蒙的。后面怎么解释怎么回房间的我记不清了，好像是喊了两句，就摔门走了。回过神来的时候我在自己房间里，抵着门坐着哭（我房间的门锁当时是坏的，锁不上，我一生气就喜欢抵着门坐着，这样妈妈就推不开）。

过了很久，妈妈把弟弟重新哄睡着了，才来敲我门，说：妈妈错了，弟弟没有摔下来过，妈妈以为你把他摔下去的，对不起，妈妈错了，你开门好不好？

我不知道说什么。

关心则乱，我理解。

他没有摔下来过，所以没想到，我也理解。

我都理解。

但是被推得摔倒在衣柜边的是我。

无缘无故被恶意揣测“把弟弟摔下床”的还是我。

被吼的人依然是我。

我真的理解了，但是我做不到原谅，我很难和弟弟亲密，之后我更很少往主卧去了。

人是把趋利避害刻进骨子里的动物。受过的伤，哪怕好了，疤痕还记得，疤掉了，大脑还记得，记忆模糊了，那种疼痛身体还记得，本能地告诉你远离，想都不用想。

况且，这不是孤例，只不过这次最疼罢了。

有一次和爸爸聊天，说起家里的新房子。

当时我们准备搬家了，搬去一个新的城市，所以新房子买在了那里。我拼了命往那个城市考，想的是到时候就可以一家团聚。

可是新房子是在弟弟出生之前买的，两室一厅，其中的一个房间留给了他。

我撒娇地说："我不管，那个房间就是我的。"

"不是你的，那个房间是你弟弟的，你上大学要住校，工作也不一定在那边。要是真的确定工作了，爸爸再考虑换房子的事情，或者给你在外面租一间。"爸爸这么跟我说。

我知道爸爸说的是实话，不可能我在外上学，家里一间卧室留着给我，但是这段话我现在想起来还是想哭。我不再是爸爸考虑的第一位了，家里甚至可能没有我的地方了。

现在想想，虽然眼睛酸，但好像真的没有什么可哭的，资源的合理配置罢了。或许是被宠了十几年，矫情了吧。

其实我对"弟弟"一直很敏感，甚至是抵触的，不过爸爸妈妈不知道，或者爸爸妈妈没有想到罢了。

小时候回外婆家，外婆三女一子，大姨妈妈小姨都嫁出去了，大舅一家和外婆外公一起生活。

下一辈一共五个孩子，最大的那个大我四五岁，不跟我们闹。

剩下的我和妹妹差了八个月，再往下两个弟弟年纪都小，正爱闹。所以我虽然排第二，但平时玩起来其实就是老大，几个孩子都叫我“大姐”。

没想到，大姐成了我挥之不去的阴影。

“你是大姐，你让让他，他小不是？”

“他又没玩过你这新鲜玩意儿，玩玩怎么了？”

“你是当大姐的，给小弟玩玩怎么了，反正你天天玩，不差这一会。”

“就这还当大姐呢，小气，然然，我们不跟大姐玩了，大姐太小气。”

……

爸爸疼我，给我买了 iPad，我用它看电视剧，上面还有一些当时流行的像是《鳄鱼小顽皮爱洗澡》之类的小游戏。大舅家的弟弟眼馋，抢着要玩，我不给，他就哭，或者去找外婆告状，不管哪一样，结果都是外婆来劝我，说我是“大姐”，我应该给他。

我依旧不给。

接着就是训斥，挖苦，谴责。

直到把我训哭，接着谴责我小气。

往往闹到最后，妈妈都会来劝我。

一圈大人围着我劝，跟外婆一样，话语里夹杂着挖苦谴责的，不少。

好吧，我给。

给出去，一时半会就回不来了，总是用到快没电，才能回来，有时候甚至是黑屏才送回来。

农村夏天电压低，很难充上电，或者根本就充不上。

我能说什么？

没电还算好的。弟弟玩东西不小心，不爱剪指甲，满街跑回来也不洗手洗澡，平板贴膜上的划痕污垢是最稀松平常的，有时候会在套子上出现圆珠笔的划痕或者水渍。

那又如何，在老人家眼里，他小，他是弟弟，他弄脏了我不应该计较。他想玩，我不给，他哭了，我还不给，我就是小气，我就不是一个好“大姐”，别的在她那里都是借口。

最开始我以为这是因为老人家疼小孩子，甚至赌气问过妈妈，你把我生那么早干吗？后来我发现，我的另一个弟弟却没有这种待遇。

我第一次知道了姓氏、宗族，以及男女的意义。

舅舅是外婆唯一的儿子，弟弟是舅舅唯一的儿子，弟弟是我们五个中唯一一个跟外公同姓的人。

看起来，外婆疼爱弟弟，似乎名正言顺。

于是我想逃离，可是每年夏天都要回去。

年复一年。

弟弟哭得越来越熟练，外婆也开始不再跟我废话，直接找到妈妈，把平板要到给弟弟，之后才摔下几句难听的挖苦嘲讽。

年复一年。

从小学到初中。

终于，爸爸妈妈放心让我一个人在家待上大半个月了，我不用再去外婆家过暑假。

从初中，到高中。

高一，妈妈带弟弟回去给娘家人看，回来跟我说：外婆一直念叨，说你为什么不来。

高三，妈妈问我，要不暑假去外婆家吧，外婆挺想你的，而且她七十多岁了，你过去，外婆说了，给你杀羊。

我嘴上打着哈哈，好呀，我喜欢吃羊肉，我想吃外婆家的羊好久了，回去一次吧，心里却想着，怎么和他们错开时间，最后找个借口爽约。

除开弟弟，外婆对我其实真的不错，但是我真的、真的害怕回去。

其实，我梦见过外婆和弟弟。

弟弟出生时我正巧初三，怕影响我学习，临中考爸妈就让我搬出去了。爸爸每天请假回来，陪我上学接我放学，陪我吃过晚餐，才回家去陪妈妈。

我知道爸爸想证明什么，可我还是忍不住多想。

因为妈妈怀着的是个弟弟。

那是个弟弟。

弟弟。

好像是妈妈怀了五个月还是两个月的时候，他们就知道了。妈妈

本来想瞒着我，一个知情的阿姨却在逗我的时候说漏了嘴。

她跟我打赌，说一人猜一个性别，谁输了谁请客。

“我赌是妹妹。”我想都没想就说。

“不再想想？你这么想请我吃饭呀？”阿姨笑着问我。

“知道了，是弟弟？”阿姨的话听着奇怪，我几乎是立刻反应过来，问。

屋子里的叔叔阿姨都安静下来了。

是真的，他们都知道。

我恍惚了一下。

怀弟弟之前，爸爸妈妈征求过我的意见，我同意，我想要个妹妹。

我会给她买花裙子，带她挑蝴蝶结，帮她梳漂亮的辫子，带她去扑蝴蝶，让她扬着裙摆在花丛里跳舞，陪她无忧无虑地长大，等她上小学，就把她接到我工作的城市，我来教她。我甚至认认真真地挑选我上大学的城市，觉得一定要有趣舒适，妹妹才会喜欢开心……

每次规划的时候我都笑得把头蒙进被子。

太美好了，像一场梦。

那一刻，梦碎了，一地亮晶晶的玻璃碴子。

没有花裙子，没有蝴蝶结，没有梳着马尾辫追蝴蝶的小姑娘，没有笑得比鲜花明艳的小女孩。

只有热浪扑面而来。

闷热，蝉鸣，毒辣的阳光，北方农村方正的院落。

我好像又回到了儿时，在外婆家度过漫长暑假。

原来，我拼尽全力地去逃避，最终不过跑回了原点？

还是说，这本身就是一场梦，我根本没有逃过一年一次的暑假之旅，不过因为太过执着，在外婆家的土炕上做了一个黄粱大梦？

恍惚着，我想，是不是醒过来，弟弟又在哭，外婆正准备不问我就把平板拿给他？

都没有。

叔叔阿姨们愣了一下，很快反应过来，说我反应真快，一个阿姨还拍着我说，你看 ×× 都高兴傻了。

不是梦，是真的。

但我不知道该哭该笑。

是真的又如何，我依旧没有逃出那个院子。

从那时候开始，时不时地，那座院子就挤进我的脑子里，赶都赶不走，可我什么都没说，不知道怎么说，也不敢说。

我越来越暴躁，越来越疲惫，越来越厌恶自己。

或许他们看出来了，或许没有，我不知道。

爸爸尽心尽力地陪我，每天放学带我出去吃我喜欢的，每天摸着我的头笑。

我尽量轻松，可还是压抑得难受。

直到做了个梦，梦见我又回到那个闷热的夏天，那个北方的院子，哭声在院子里回荡，我抱着平板跑啊跑啊，拼尽全力地跑，哭声渐渐远了，可一旦我停下，地上就会长出方正的院落，院落里炸出刺

耳的哭声。

如影随形，避无可避。

我一直跑，忽地就醒了。

空荡荡的房间里黑漆漆的，微弱的光透过纱帘映进来，把四面墙壁染得惨白。

空荡荡的房间里，四面惨白惨白的墙，围出一个方方正正的地方。

我在里头。

许是我画地为牢，许是那院墙确实高耸。

我觉得我一辈子逃不出那座院子。

我知道，爸爸妈妈其实是很努力地想一碗水端平的，那些大多是无心之过。

我知道，弟弟其实很喜欢我，他很小的时候就会屁颠屁颠地跑过来亲我，叫我姐姐，现在我每次开门就能听见他脆生生地喊着姐姐。

我知道，外婆是个好人，任劳任怨，质朴老实。

我理解，人非圣贤，我不能要求父母无过。

我清楚，弟弟无辜，我不该把压抑多年的恐惧和父母的疏漏怪到他身上。

我明白，亲疏有别，外婆待我不薄，那些所作所为不过是宗族观念之下的无可厚非。

可我就是没办法原谅父母，可我就是难以接近弟弟，可我就是不想回到那个院子。

其实谁都没有错，可我就是死心眼地把自己困在那里。

其实事情都不大，可我就是没办法面对，宁愿画地为牢。

—— 妈，你为什么那么爱笑啊？

—— 因为妈生了你啊！

—— 妈，你为什么那么爱笑啊？

—— 因为妈生了你啊！

父亲的日记

芳，你相信我，我不会让你受苦的，我们的儿子也不会受苦的，芳，你相信吗？我也绝不会做对不起你的事的，我发誓！

我今年 21 岁，父亲离世 9 年了。

去年搬家，无意间从家里柜子里翻到一个斑驳的本子，绿色的封皮上面蒙了些灰尘，之前从来没有见过。怀着好奇心打开后，才发现是父亲年轻时的日记。

首先有一段自我介绍，25 岁的他，年轻且迷茫，渴望爱情。

自我介绍

××，现年25岁，自1994年4月1日在乔（应为“桥”）山林业局柳芽林场石尧营林区工作。我是一个脾气极坏，毛病很多（吸烟、喝茶、喝酒等），文化程度很低，言语粗鲁，爱发脾气的人。优柔寡断，自尊心和虚荣心（很强），自卑感也非常强，死要面子，但没有钱。在人际交往上也不行，工作上也没成就，在社会经验上也不够。可以说空活25，一事也无成。但在爱情观上，也可以说有一点小经验。人常说，吃一堑，长一智。截至目前，有两次是我全身心投入的，可是最终还是再见了。从这两次的感情来看，本人在“痴”这个字上要吃大亏，因为太痴情了，也可以说太专情了，以后，长处要保留，缺点要改正。

在遇见我母亲之前，他有过两次恋爱经历，但都无疾而终。后在1995年认识了我的母亲，一个在当年很天真的姑娘。听母亲说两人通过介绍，互相了解后便一拍即合。但因为工作的原因，两人常年相隔甚远。林场也没有电话，于是父亲常以信和日记表达思念。

思念你。

离开你的日子我好难熬啊！

与你在一起的日子我可以忘掉烦恼，忘掉忧愁，忘掉痛苦，忘掉……只有快乐，只有卿卿我我。啊！想你！好想你！是的，老天是不公平的，将我俩南北分开，（让我们）过着牛郎织女般的生活，流着相思的泪。听着远山的呼唤，看着白云、孤雁从头顶飞过，心里就像打翻了五味瓶。

在这冬去春来的季节，人的情可能也随着春的气息在增加，变浓。我的心里好像有千百万条小虫子在爬来爬去，让人心乱如麻。虽然我远在百里之外，可我的心却永远留在了你的身边，伴你，拥你，吻你。心中的你啊，你能感受到吗？（能感受到）我是多么想念和爱你吗？

假如你是蓝天，我愿是一朵白云，在你的怀抱里自由飞翔。假如你是大地，我愿是地上的小草，在无边无际的土地上扎根发芽。假如你是大海，我愿是海里的小鱼，在大海的抚摸下游来游去。假如你是一杆秤，我愿意当秤砣，在你的脊梁上忽前忽后。

我愿做你的港湾，在你乏困的时候，停下来休息。

我心中的你，可能感受到吗？

1997 年 3 月 5 日晚

下面是 1997 年有了我之后的一篇日记，一位刚刚成为父亲的丈夫，在其中倾诉了对家中妻儿的想念。

这几天我干什么都心不在焉，为什么呢？因为这几天天气比较暖和，我想找个车将你母子接来小住一段时间，但因为人不在，所以不能如愿。这几天我越来越想你们，真恨不能一下子把你们接来，使你们得到我的爱抚。真是等待思念，难熬啊！

1997 年 10 月 18 日晚

母亲是家里的小女儿，算得上娇生惯养，又很漂亮，父亲对她甚是爱护。自结婚后脾气也收敛了很多，下面是一封吵架后的道歉信：

从家中起程返回单位，我的心情非常沉重。我起誓，我要痛改前非，一定要将过去那些坏毛病改掉。

你的忧愁面容，挂满了晶莹的泪珠，你的心情只有我最能理解。你说我讨厌你，可是你知道我听到你这句话时的心情吗？

我的确对你说话太严厉了，但你知道你当时的言行和逻辑吗？

现在无论是你错我错，我们都应该从今天起对自己的以前做一次反思。以后的日子里，都应该互相体谅、互相尊重。

我愈来愈觉得我太粗暴了，你毕竟付出得多，我知道你已没有退路了，有苦只能往肚子里咽。我太不那个了，我决心下定，一定要对你好，体贴你，关心、爱护你，你注意我以后的行动吧。

1997 年 10 月 7 日晚

从众多信里，我看到的是一个年轻男人对妻儿满满的爱，一个有责任和担当的男人。

……生了一个儿子，虽然女人生孩子是天经地义的，但我看见你当时的难受我真想替你生，太残忍了，我不忍心目睹。芳，对不起，以后我们的日子过烂了，你在家里，我出去要饭，要一个馒头，一人一半；要一碗粥，一人一半。不过我想，日子也不会过到那一步的。芳你相信我，我不会让你受苦的，我们的儿子也不会受苦的，芳，你相信吗？我也绝不会做对不起你的事的，我发誓！

永远牵挂你的夫：东

1997 年 9 月 12 日晚

这段话令我感动不已。

翻到最后，出现一封母亲的回信。

向东：

当我无意中打开你的笔记本时，我激动万分，因为你深深地爱着我，我感到很幸福。可是，这些都是美好的“日记”而已，它并不现实，都是些华丽的辞藻。在此，我佩服你的才能，遗憾的是这些都经不起实践的考验。我们结婚不觉已一年有余，而在一起的日子到底有多少，当这些时间和你真正在一起时，你又很讨厌我和我的儿子。你已不止一次用这种态度来对待我。（怎样对待你，不现实。）我原以为有了儿子你会喜欢我们母子的，可是，出乎意料，我们来你这儿的确给你添了不少麻烦，请谅解。能为你带来欢乐的人是你周围的那几个人，而我们只能为你添麻烦。不管怎样，我是太爱我的儿子了，他是我的精神支柱，我的一切。（我也爱我们的儿子。）

今天的争吵，我的确找不出我的错，于是我很委屈。（可以原谅。）可能是你觉得跟我在一起太无聊，觉得我软弱可欺，我想对你怎么就怎么，翻（反）正你再委屈也无处诉。（你知道吗？）现在是破口大骂，将来慢慢就会以拳头相

报，因为以后在一起的日子还长着，咱们要生活一辈子，这不是交朋友。

前些时间，我和我幼小的儿子在你家（不是你家吗？）孤单地待着，（是真的吗？）常盼望着你的归来。而你恰好接我们来你这小住，原以为至少在我们生活在一起的这些日子会使我们的小家庭幸福美满，可是，你觉得我们太令你麻烦了，在此，向你道歉。（不用道歉，这是我应尽的义务。）

也许，你现在觉得我与你不配，你是国家正式职工而我是农民，（你真的这样认为吗？我不。）拖累你了。其实为时也不晚，（其实已经晚了。今后的你是一个什么样子，你真的没有想吗？我想了。）望你慎重考虑。（你这在威胁我吗？不要顾此失彼。）

因为将来的日子还长着哩，至于今后的我，我不想去想，也不愿去想……

1997.11.9 晚

小字是父亲的回复，一个认真地写，一个认真地看。都是为了爱情圆满，希望能互相搀扶走完下半生。虽然看起来两人矛盾颇多，也看得出父亲当时确实有些地方做得不好，吵架时会骂人，母亲甚至觉得他以后会拳脚相加，可他实际上属于外刚内柔的男人。通常吵完会主动道歉，变着法子逗母亲开心。直至我慢慢长大懂事，他们也不再那么年轻时，才有了真正的父母亲的样子。一个沉稳成熟，一个贤妻良母。想着怎么样过日子，怎么样以身作则，正确地教导自己的下一代。就这样，一家三口的幸福生活持续了短暂又珍贵的 12 年。

我们都是平凡的人，我们的父母也是，当不平凡甚至残酷的现实降临时，任谁也无能为力。

我 12 岁的秋天，2009 年阴历九月十二日，父亲因公殉职，与我们永隔阴阳。出事的前三天晚上他还跟我在电话里说在家要听你妈妈的话，你妈妈这个人不太会教育孩子，你要体谅她。我们是男人，要让着女人。我似懂非懂地答应，却没承想以后真的只能跟母亲相依为命了。

房子、谷子、票子、妻子、儿子、孙子、庄子、老子、孔子，活了这一辈子，留下一把胡子。

家是父亲的王国，母亲的世界，儿童的乐园。——爱默生

一个家也没有的人是流浪汉，有两个家的人是放浪汉。——门福

在世界各地跑，才发现没什么比家好。——德国谚语

家庭不单是身体的住所，也是心灵的寄托处。——里耶

这是我父亲日记里的文字，这是他的青春留下来的散文诗。多年以后我看着泪流不止，下辈子还希望你做我的父亲。

二月二，龙抬头。

今天是你 48 岁生日了，如果还在的话。

—— 妈，你为什么那么爱笑啊？

—— 因为妈生了你啊！

迟来的情书

到了 30 岁，很多事情，就会开始变得慢下来。与你有关的青春，我也是偶尔才会想起，没有隐隐作痛，也不会怨天尤人，仅作为人生中必不可缺的一段慢镜头吧。

说一个我的故事吧。

高三的时候，喜欢隔壁班的姑娘，感觉她无论什么都好。她是我情窦初开喜欢的第一个姑娘，但我们从未说过一句话。

经过半年的暗恋后，我决定动手，写了洋洋洒洒三页情书，叠成一颗心（那时候流行写情书），托人下晚自习带给她。结果第二天，情书被原封不动还了回来，全班都知道了我被拒绝。当时好伤心啊，难过得想死的心都有。头一次告白就被拒绝，于是下定决心，好好学习，等考上了大学，好姑娘多得不得了。那封情书就当是警示牌，一直放在我的文具袋里。

大概过了一个月吧，我听隔壁班的人说，她失恋了，原因是她男朋友耍了她。我心里想，难怪拒绝我，原来是有男朋友啊。后来这件事，慢慢地差不多被我遗忘了。我们都考上了大学，我陆陆续续也谈了几次恋爱，但心里始终记得她。

工作后，老家拆迁，我收拾留在老家的东西，发现了当年的那封情书，心血来潮，决定回味一下当年的情窦初开。结果在最后一页，发现了一段笔迹清秀的回复：

傻瓜，我也喜欢你啊，信你先替我收着，别弄丢了，我家里看得紧，不能让他们知道。

8 年后我才看见，迟到了 8 年，我成了 8 年前负了她的男人。后来终于打听到她的消息，她早已为人妻，为人母。

而我，依旧欠她一封信，折成心的那种。

我并非是个固执的人，过去的终究会过去，斯人如斯、未来可期的道理，我明白。

在这里，我也写封回信吧。

亲爱的杨大小姐：

见字如面，久疏问候。

此刻我在旅游途中，身处北方的秦皇岛，给你写这封信。不知道你现在过得怎么样，头发长了短了，胖了还是瘦了？

记得高中时，你总喜欢穿一条白色的连衣裙。课间的时候，我抬头总能看见你在三楼走廊尽头，跟你的小闺密聊天。你的长头发垂下来，阳光穿过树梢，恰好落在你的肩上。

我从未想过你会给我回信。年少的感情，纯真且炙热，不小心就能将自己烫伤。当信纸原封不动回到我手中，我以为这就是终点，当时的痛彻心扉，至今仍有印象。

高中毕业后，我曾试图打探你的消息，但始终未果，便自我安慰，造化弄人，你我无缘。大三那年，口水（高中同学）告诉我，你在杭州某学院，我便请假只身来到杭州。五天的时间，我走遍你学校的每一角落，始终未见你身影，至此，我便死心。

回到学校后不久，我开始了第一段恋爱。她是个安徽姑娘，齐腰长发，唇红齿白，笑起来的样子，与你有神似之处。可惜好景不长，三月未到，便各奔东西。

可能，我谈恋爱不认真的样子，着实令人讨厌。后面陆陆续续谈了两场恋爱，也都无疾而终。说实话，随时间推移，对你的爱意已一天天减淡，有时候在无意间，才会想起你。

忘了告诉你，毕业后，我便来到杭州，心想，如果能在陌生的城市偶遇，也是天公作美。虽然这个城市很拥挤，你不在的这些年，却很空旷。你学校旁边的小吃店，几乎都换了个遍，唯独奶茶店生意兴隆，偶尔路过，我也会喝一杯。

都说初恋美好，不容易忘记，当我看见你在信纸后面给我写的回信，每一个字，都扎在我心里，像一根根刺。我也曾后悔过，如果当初勇敢打开信纸，会不会结果不一样，你我的人生，会不会都有另一个结局，可惜，不会有任何假如。

我问口水你的近况，得知你大学毕业后，回老家做了老师，随后结婚生子。你老公也是老师，日子安稳，我由衷祝福。我们穷极一生追逐自己的理想，也都愿有佳人相伴，有梦可期，有人对你好，便是最好结局。你过得好，我便过得好。

关于你的事情，我已经很少时间会想起。时至今日，我已到了而立之年，仍旧只身一人，偶尔跟老友相聚，我给你写情书的事情，总会成为下酒菜的一大笑柄，就貌似一块青春的纪念碑，永远矗立在18岁的那年。

看着身边的人，都已成双入对，膝下有儿有女，我也心生感慨。但我始终觉得，爱情，比适合更重要，所以，我愿意等。

目前，我一切都好，不用记挂。

愿你年少如花，一生幸福。

祝安。

从未是你的陈先生

有人问我们后来的结局如何，是否有再见面，或者联系。

还是以同样的方式，交代一下吧。

亲爱的杨大小姐：

给你写这封信的时候，临近端阳。杭州连续暴雨，我想你所在的城市，应该也是如此吧。

其实，关于你的事情，本不应该再提起。得知你已为人母，感慨之余，也心存祝福，并非是客套的违心话。这些年也看了一些人情冷暖，分分合合，缺憾，也是生命的常态，我是属于看得开的。

去年回家过年，特意去了趟高中，门卫早已不是当年的光头老张，小桂花如今也枝繁叶茂，皂荚树下的石凳，依旧很干净。

本来我想去当年教室回味一下青春，结果门锁了，我只能站在楼下的操场，看着二楼的走廊，就像当初我在二楼走廊看你一样。只是没有阳光，当然也不会有你。

据说，人的衰老，是从怀念过去开始的。与其说怀念，不如说是我自己羡慕当年的自己。到了一定年龄，经历多了，便觉得放下，也并非什么难事。但是，我希望你永远也别明白这个道理。

因为新冠肺炎的流行，在家无事可做，看了很多电影，其中很多桥段，也让我想起你。《了不起的盖茨比》中，男主角坐在花丛中，等待与初恋相逢。《大鱼》里的女主角推开窗，就看见满地的水仙花，一片金黄，全世界的浪漫。

其实，年少时我也曾想，成为那个踏着七彩云霞，护你一生安稳的英雄。现在想想，难免会笑自己痴傻。

我在闲暇之余，把我们的故事写在这里，并非是为了博人同情或赢得喝彩，只想单纯纪念。或许 60 岁的时候，回头看看，也别有一番风味。我也可以跟孙子吹牛说，你爷爷我当年，也喜欢过一个姑娘，那姑娘长得可美了……

到了 30 岁，很多事情，就会开始变得慢下来。与你有关的青春，我也是偶尔才会想起，没有隐隐作痛，也不会怨天尤人，仅作为人生中必不可缺的一段慢镜头吧。

愿你幸福，一生安稳。

不再是你的陈先生

—— 妈，你为什么那么爱笑啊？

—— 因为妈生了你啊！

婚姻的真实

几天后，当琳琅的菜摆满整张桌子，暗红色底料在火锅里沸腾，辣椒香味四溢的时候，我们一起举杯，饮料在杯中荡漾，冒出连串气泡。

刚结婚的时候，和老婆睡一起很不习惯。半夜突然惊醒，发现旁边竟然有一个人，就这么紧贴着自己，小手缠绕在我的手上，从此不能自由翻身，也不能尽情打呼噜，因为会被一只温柔的手捏住嘴巴，最后给憋醒……

到现在，睡觉时习惯旁边有个人。一旦自己出差，晚上半梦半醒，听见自己的鼾声，会奇怪怎么没有一只温暖的小手来弄醒我。辗转探寻，手习惯往旁边一搭，摸索着，却发现冷冰冰的一大片，心里顿时变得空荡荡。

结婚后，老婆的妈妈癌症恶化，坚持了几个月，走了。一天晚上，半夜惊醒，老婆在我旁边，背对着我，无声啜泣。我抱住她，她蜷缩在我怀里，眼泪打湿了我的胳膊。我把她抱得很紧。

一次坐公共汽车，司机提前关门，我手背不慎被重重关上的车门夹破，鲜血淋漓。她眼睛发红，冲司机大吼大叫。我第一次，看见情绪内敛的她如此激动。

小孩出生后长势太好，本就不强壮的她疲于应对。一次端尿的时候，腰部扭伤，她坚持着直直坐倒在地上，两手紧紧护住小孩。结果腰扭伤，坐骨神经损伤，瘫在床一周，几乎不能坐起。我请假，给她喂吃喂喝，帮她擦身体，给小孩冲奶粉，哄小孩入睡，忙得团团转。

闲下来的时候，我把熟睡的小孩放在旁边的小床上，坐在她旁边，帮她削着苹果。她看着天花板，幽幽说，她如果以后再也起不来，怎么办？我说，我会马上离开你，给小孩找个年轻貌美有钱还善良的后妈，放心，你不会拖累我们的。

她笑了起来，恶狠狠说，你敢！然后她接过我削好的苹果，看着我，两个人都笑了起来。

小孩逐渐长大，我工作逐渐繁忙，连续加班，即便半夜都频繁接打电话，协调生产，低烧也坚持没有请假。终于，高烧发作，到了41 摄氏度，在社区医院交钱打针的时候，我浑身抽搐地倒在了地上。在护士紧急询问时，在护工抬着担架冲向转往大医院的救护车的时

候，我迷糊地说出了我记得最牢的她的号码。

住院后，连续数小时地打着各种消炎、降烧针，人都烧肿了。等我终于恢复意识，依稀看到她坐在我的旁边，双手温暖，紧紧包着我冰冷的打针的手。

接下来几天，工作电话铺天盖地，我双手浮肿，无法拿起电话，她满是怨气地不想接，但在我恳求的目光下，她拿起我的手机，开着免提，放在我枕头旁边，还得拿着笔，帮着我在纸上记录着。

领导们不停询问着，交代着各种事情，时间长的一打就是一两个小时。一天要打进打出几十个电话，手机都要一直充电，否则电量根本不够用。即便半夜，依然有电话不时响起，我白天太过疲惫，晚上熟睡，没能接到。第二天，她听着领导在电话里大声训斥，为什么我晚上不接电话，导致生产出问题，要我回工厂，一定要写深刻检查。她在旁边气得脸色发白，帮我挂了电话后，我歉疚地看着她，她眼泪在眼眶里转。

我苦笑，没事的，领导只是要发泄下。她说，这份工作，不做了吧。我看着她，没有作声，点了点头。

我好了后，领导要我交深刻检查，我交了辞职申请，一个月后离职。领导说你这样的人，又没什么管理能力，外面的社会这么复杂，竞争这么激烈，找不到比这好的工作的，当心失业。我笑了笑，把辞职申请放在他的桌上，转身离开。

老婆包揽了所有家务，照顾小孩，我开始找工作，学习。

找到一份跨行的工作，工资比之前低 20%，一切都要重新开始。工厂离家很远，每天在路上来回要花 6 个小时。工作很忙，要很早去，很晚回。很累，每天睡觉的时间都不够。

白天要上足了发条一般，穿梭于各种会议，处理各种紧急事情。摇晃的公交车上，我听着英语，看着管理视频，头很疼，体重疯狂地下降，几个月减了十几斤。

怕小孩吵到我，她和小孩一个房，我单独一个房睡。

晚上回来，我继续学习到深夜，她过来，说她先睡了，我说好。等我学完，过去她和小孩的房间，俯身亲了小孩和她的脸颊，帮她和小孩弄好被子，回去自己的房间睡觉。

一年半以后，猎头打电话给我，新工作的工资涨幅 50%。

又两年以后，猎头打电话给我，新工作的工资涨幅 40%。

又一年半以后，猎头打电话给我，新工作的工资涨幅 40%。

又一年半以后，猎头打电话给我，新工作的工资涨幅 40%。

我们买了新房，买了车，开始每年一次的出国旅游……

我和她，无论艰难还是快乐，彼此扶持着前行，一年又一年……

不知不觉，结婚已十多年，一天晚上，我突然惊醒，她又把手堵住了我的嘴巴。她嘟囔着翻了个身，你又开始打鼾了。我笑了笑，把背过去的她抱在了怀里……她在我怀里缩了缩，真的很温暖……我紧紧抱住了她……

父母，是挡在生死前的一道墙。

孩子，是继承理想的希望之光。

而妻子，是陪伴我成长、成熟到老去，无论什么时候，都会一直陪着我、一起走下去的伙伴。

—— 妈，你为什么那么爱笑啊？

—— 因为妈生了你啊！

相亲乌龙记

我趿拉着拖鞋去给他开门，还未将他看清便落入他一身寒气的怀抱。他抱了我一会儿，轻轻在我唇上啄了一下，眉眼含着欢喜和温柔："我确定一下，我们是在一起了吧？"

子我不思

我遇见最尴尬的事，就是替姐相亲认错人。真的，一点不夸张，想当场"去世"，我第一次希望我的脸皮能再厚一点。

表姐过了 30 岁后被全家人逼着相亲。我接到她的求助电话时刚帮朋友搬完家，干了一个上午的体力活，饿得饥肠辘辘，两个人正准备出去吃饭。表姐说："你替我去，把这事儿搞黄。我包你一个月伙食，3000 够不够。"

我那时刚毕业，入不敷出，每天在家煮挂面，二话不说就打车去了，反正打车费她也报销。

相亲地点是在一家饭店。我进去后一眼便看到了饭店中央一个人

孤独进餐的相亲对象，黑色裤子黑色外套，表姐告诉我的特征，很是显眼。我走过去一边拉开椅子一边和他道歉："林先生是吧，不好意思，路上太堵了。"（其实我平常叫人都是连名带姓，我是想塑造一个矫情做作装腔作势的女生形象。）

对面的男人抬起头，不满地看着我。

哟，模样还不错，不过我牢记组织安排给我的任务，"我这人哪哪都好，就是时间观念不强，你多担待。以后我们约会，我尽量只迟到半个小时，但你可不能迟到，我最讨厌等人了。"果然，林先生眼中除了不满，还多了三分"这人神经病吧"的恼怒。

我在心里比了个"耶"，把桌上的荤菜往自己旁边移了移，再接再厉道："我先吃口饭咱们再聊啊，我快饿死了。"我就这样在他惊诧的目光中旁若无人地大快朵颐了半个小时，在此期间还抢了服务员给林先生上的一碗面，"我真的快饿死了，服务员姐姐，麻烦再给他做一碗。"相亲对象全程面无表情，但是眼神和姿态还是能看得出明显的不满和嫌弃。

吃完后，我还去洗手间补了一下口红，心里很得意。吃了一顿饭，3000 块就到手了，哈哈哈，我真是个天才。然后给表姐发微信，搞定，他要是能看上我，我跟他姓！快给"仙女"准备好钱。

等我又回到餐桌上时，却发现相亲对象的眼神从不满变成了探究。

我心里咯噔了一下，特别诚挚地看着他："我特别懒，结婚以后家务活都得你干，对了，饭也要你做，我做的饭特别难吃。你要做得不好吃我还会骂你！"

林先生云淡风轻地点了点头:“可以。”

这都可以?我瞪圆了眼,继续发力:“我的工资很低,但是我买包包和衣服,还有化妆品买得特别凶,而且必须是名牌!”怎么样,怕了吧!

林先生将视线转移到我 50 块不能再多的机器猫小挎包上,又打量了一眼我身上普通得不能再普通的白色卫衣和阔腿裤。

我急了,身子往前倾了倾,“我还家暴你知道吗?我一不开心就发脾气,一发脾气就打人!我……”表姐的电话打断了我的危言耸听,她在那边河东狮吼,“你个不靠谱的,还搞定了,你怎么还没到,你还要不要你的伙食费了?”

我被吼得一头雾水,低声和她说:“姐,我早到了呀,我们正聊着呢,×× 饭店,黑衣服黑裤子,林 ××。”

“你个笨蛋,又把谁认错了。人家等了你半个小时,已经走了,正和介绍人抱怨呢。”

我挂了电话,尴尬地和对面的人求证:“您不是林 ×× 林先生?”

对面的男人忍笑忍得很辛苦,你好,林 ××。

后续就是我非常抱歉地和人家表示,我认错人了,真不好意思这顿饭我请。结果结账的时候发现钱不够(如果不是真的穷,谁愿意替姐姐相亲),最后还是他把账结了。为方便之后还钱,我加上了他的支付宝,还不够,他一定要我加上他的微信。“毕竟是包包衣服都要名牌的人,把钱花光之后不还我钱怎么办?”林先生一本正经地和我说。

我当时的心理活动是：既想了结了自己，又想杀了他灭口。

哦，最后姐姐出于人道主义给我报销了车费和那顿饭钱。

这件事情告诉了我们：赚钱真难。

我初遇林先生时，刚刚毕业，大概是我这 20 多年来最狼狈艰难的时候。准备了很久的考试，报名前才发现条件不符，工作不顺，生活拮据，守着莫名其妙的自尊心不肯回家，也不愿接受家里的帮助。我每天一睁眼心里想的第一件事就是今天要煮粥还是煮挂面，吃什么才最省钱。在那种状态下，我真的生不出除赚钱外一丁点儿别的心思。我一想到他见证了我所有的难堪和尴尬，就恨不得一辈子都不要再遇上他。所以我当天把钱在微信上转给他之后就把他删了，然后就忘了这段不愉快的小插曲。

我甚至很快就忘了他的模样，只见过一面的人谈不上任何感情。我真的以为我们不会再有任何交集。

嗯，只是我以为。

过了三四个月，我的境况有了好转。在一家小公司找了一份自己还算满意的工作，也有时间做自己真正喜欢的事。那个时候，我才突然觉得冬天快到了，是时候找个男朋友取暖了。

我们公司一共九个人，都是同龄的小姑娘。老板是个刚刚结婚的姐姐，比我们大五六岁，性格很好，工作时间总喜欢给我们订一些炸鸡、蛋糕之类的东西，疯狂投喂。

有一天公司的人约着吃火锅，去了海底捞之后发现人山人海，老板一挥手，带着我们到菜市场买了材料。一人手上提着一大包，拐进了公司附近的一个小区，老板说她弟弟住这里。我提着四盘肥羊、四盘肥牛气喘吁吁地建议她先和她弟弟商量一下，然后老板就打过去电话，言简意赅地通知：我们要征用你家吃个火锅，你晚点回来。

（火锅真的好好吃呀！我想每天吃火锅！我以后一定要开一家火锅店！）

吃完火锅后天已经黑了，其他姑娘陆续走了。因为我家离公司特别近（在家里就可以打卡的那种近），就留下和老板一起收拾。

正收拾着，突然有人按门铃，老板说她刚刚点了一个水果捞，我就去开门。我那天穿着一条连体阔腿裤，系一条腰带，好看是好看，但是吃火锅的时候勒着肚子，特别影响发挥，我就把它松开了。我挽着袖子，嘴里叼着一颗苹果，就去开门了，然后就看到了还是一身黑的林先生正掏出钥匙准备开门。我和他互相对视着怔了三秒，都从对方的眼里看到了“怎么是你”。

我犹犹豫豫地问他：“你找谁？”他退了一步看了一眼门牌号，犹犹豫豫地说：“这是我家。”然后就听到我们老板在我背后说：“你回来得倒挺是时候，我们刚收拾完。这我弟，”她又指着我介绍，“我们公司新来的小姑娘。”

林先生冲我点了点头，我挤出一个尴尬又不失礼貌的微笑（原来真的有这种笑！）。他就一直看着我，直到我的笑容逐渐消失，他才语带笑意地问我：“你不让我进去吗？”我才意识到我一直堵在门口。

我马上让开，又回忆起了那种想当场“去世”的感觉。

接下来的叙述我就以林尴尬代替林先生了。

林尴尬进了屋，我们刚好也收拾完了，我就马上起身说我要回家了。老板看了眼手机，“你刚才不是说想吃西瓜？水果捞应该马上就到了。”我只好又在沙发上坐下。

林尴尬问老板：“怎么就留了她一个人收拾？”老板在客厅的另一边用调侃的语气回他：“因为她吃得最多，所以要留下洗碗，你都不知道她有多能吃！”

林尴尬看着我，眉眼带笑地低声说了句：“我知道。”我当时真的是又羞又气！我做错了什么？就因为我上辈子是仙女，为了了却和胡歌的一段情缘非要下凡所以老天爷你就这样惩罚我吗？

这时水果捞送来了，我三下五除二吃完后立马穿衣服走人。

老板：“让我弟送你！”

我头摇得像拨浪鼓：“不用不用不用，我十分钟就走回去了。”

老板严肃地看着我：“不行，你长得太好看了，不安全。”（她是抖机灵，不是我真的好看的意思。）

林尴尬在旁边默默地穿上了外套。我们正要出门，老板又拉住我：“你俩加个微信呗，你以后换灯泡、修东西什么的都可以叫他帮忙。”

我放弃挣扎，掏出手机，还没有打开界面，就看到林尴尬已经从微信上找到我的账号，在我和老板的注视下点了好友发送请求。我这才想起我把人家给删了。老板凑过来很惊讶地问他：“你怎么有她的账号？你俩认识啊？”

林尴尬没回答，对着我说：“我们走吧。”

一路上都很尴尬，我就非常努力地找话题。就像期末考试的时候，哪怕这道题我不会做我也要把卷子写满，哪怕我和这个人尬出天际，我也要把这段路程聊完！

我住的小区是个很老旧的小区，安保不太好。他一直把我送到房间门口，有些惊讶地问我："你住这里？"

我"嗯"了声。

"一个人？"

"嗯。"

他顿了顿，又说："那你晚上一定要把门窗锁好。"我应了一声，抬起头看他。他比我高大半个头，可能是晚上的缘故，整个人看起来很柔和。我心里突然觉得：其实这人也不错，就是相亲那个事儿太寸了！导致我根本就不能以平和的心态去和他相处。

第二次见面之后我们的关系依旧很淡薄。我通过了他的好友请求，但是两个人谁也没开口说话，因为没有什么可交流的。

又过了一个星期。我们的工作比较轻松，但是一个星期只能休周日一天。星期六下午的时候大家都在工作，有人敲门，我的位置离门口最近，就去开门了。我们工作室都是女生，我只在入职第一个星期化了妆，之后马上入乡随俗。大家都是自己人，每天都是素面朝天，没有必要每天早起半个小时互相欺骗。

那天我眉心长了一个痘痘，头发三天没洗，脏得都有些痒痒，戴着一副黑框眼镜，一直往下滑我都懒得扶，反正就是很丑。

对，来的又是林尴尬。他拎着两袋不知道是什么的东西走进来，

大家都看着他，一个同事姐姐笑着问他：“你今天买了什么好吃的？”

他把东西放在我桌上，把袋子打开，原来是蛋糕，他把最上面的一盒拿出来给我，然后招呼大家分蛋糕，“大家辛苦了”，旁边的同事看他走进老板办公室后凑过来和我解释：“这是老板的弟弟，之前来工作室找过老板。”我点了点头，瞄了一眼同事的蛋糕，她是抹茶味的，我是巧克力味的，可是她的好像没我的大。

我脑中警铃大作，不行，我要赶紧吃，要不她吃完她的再吃我的怎么办。

大家坐在一起一边吃一边讨论八卦，从薛之谦和李雨桐的事延伸到了“结婚之后你会不会爱上别人”。七八个小姑娘，讨论起来热火朝天的，后来连老板也加入讨论。我们九个人分为两派，一派说能接受对方结婚之后爱上别人，但是一定要坦坦荡荡地告诉自己，不能欺骗，如果自己爱上别人，也会坦荡地告诉对方，结束这段婚姻；另一派说不行，你跟我结婚就要爱我一辈子，我能爱你一辈子你凭什么中途不爱我了？我属于后者。我觉得婚姻是一种契约，是一种责任，是你不应该对除我之外的人产生任何遐思。因为人是理性的，你或许会欣赏一个人，但是你结婚之后就有责任和义务把对别人的欣赏和心动及时扼杀。因为我可以做到，所以我要求我的伴侣也做到。讨论到最后，我问旁边持不同意见的姑娘：“难道我们这种不会辜负别人的人就是用来让别人辜负的吗？”其实说了那么多大家对婚姻都有点悲观了，一时间谁也没说话，就结束了话题又开始工作。

我直起身看电脑，刚好看到林尴尬站在老板办公室的门口，若有所思地看着我。我没多想，也礼貌性地看了他一眼，就开始工作。

又过了一周，周末，林尴尬突然在微信上约我出去吃火锅。他约得有些突兀，我一般只和自己亲近的朋友出去吃饭，和他怎么看也不算亲近，虽然我真的很想吃火锅。我正想着要找什么理由拒绝，他又发来微信："上一次让你破费了，本来早就想请你吃了。"

我瞬间明白他的弦外之音。他既暗示我只是想还我个人情，毕竟上次吃饭是我掏的钱，我也是那种朋友请我吃饭我就一定要回请的人，又暗戳戳地提醒我，"是你把我删了害我一直欠着你一顿饭"。

我们约好了时间——本来我就很想去吃火锅。

吃火锅是一件非常增进感情的事！吃完后我和林尴尬的距离瞬间拉近。因为他全程都在给我煮肉夹肉。我吃火锅一般吃两轮，吃完一轮休整的间隙我们聊起第一次见面的乌龙，我跟他说了那次替姐姐相亲的来龙去脉，还说起后续：表姐后来又被家里人逼着和那个男生见了一面，但是互相不满意就没后文了。

我问了他一个那天就很想问他的问题：为什么我去卫生间补了个口红，他对我的态度突然180度大拐弯，我说什么他都说可以。然后林尴尬就笑得筷子都在抖，一边涮生菜一边告诉我，因为我去卫生间之后，从包厢里走出来一个也穿着一身黑的男人，一边往外走一边语气不善地打电话，指责那边的人相亲不守时，不尊重他，然后他就猜到我认错人了。

"所以你后来就是想逗我？"

林尴尬弯着眼睛点了点头。

我就又愤愤地开始吃肉，他接着给我煮肉。林尴尬最好的一点是肉吃完他就再点，不会问我还要不要吃。

之前有一次和我喜欢的人吃饭，那次是吃酸菜鱼，吃完后他就问我：“你还吃吗？”我怎么回答？我能第一次和你吃饭就让你知道我有多能吃？你没看我还咬着筷子？我只好温柔地对他说，不了，我饱了。回学校的路上我买了一斤辣鸭脖。

吃火锅前，我对他还是有些硌硬，毕竟当着他的面出了那么大的丑。吃完火锅后，我觉得我们可以做朋友，毕竟有过这样一段经历，想起来就会笑出声的经历，也算缘分。而且林尴尬选的那家重庆老火锅真的超级好吃，我之前吃的就没有那么好吃。

后来联系就开始频繁。

我和他从一个星期约一顿饭到约两顿饭到下班后一起觅食。什么好吃的都吃，火锅、烤肉、辣鸭脖、鸡爪、麻辣烫……后来每次在网上买好吃的都会多买一份给他。

我和每一个好朋友的感情都是吃出来的。初中吃了三年的朋友，高中吃了三年的朋友，大学吃了四年的朋友，都是那种三观一致性格合拍可以当一辈子好朋友的人。和他相处了一段时间，也摸清了一些对方的脾性。他待人接物很周全，人人都称赞他，却又都明白这只是他为人处世的方式。但他总让我有一种我和别人不一样的错觉，好像，只有我能让他露出一些别的情绪。

好像他和别人笑都不如和我笑得开心。

我们吃肉，他盯着我的细胳膊不满地说：“你吃的肉都长哪儿去了？你对得起你吃的那几百头猪吗？”

我认真地回答：“当然对得起了，我把它们吃了，就是帮助它们实现猪生的最高价值，你听到了吗？”

“什么？”

我夹起一块肉伸到他面前，他刚要接，我又夹到自己碗里：“你听到它们的呐喊了吗？它们都在说：‘林尴尬你不要吃我，你吃我就是浪费，我要让××（我的名字）吃我，被她吃我的猪生才圆满！’”

他给我竖了一个大拇指。

我带他去我们学校的小吃街，吃我和他描述了300遍特别特别好吃的鸡架骨和麻辣拌。他去外地出差，先给我发当地的美食，我不理他，就又去朋友圈发，文案是“某位朋友因为自己只能看不能吃已经和我绝交一个小时了”。我在下面留言：“谢谢您嘞，走哪儿都想着我。”他回复：“可不，感动吧！”

这是我能想到我们之间唯一一句让我觉得我对他来说似乎真的与别人不同的对话。

我是一个从来不会自寻烦恼又有些迟钝的人，所以很长一段时间内，我和林尴尬相处得很自在，就像我和其他朋友。唯一的不同是我其他朋友都是可可爱爱的女孩子。我没有刻意思索过和他的关系，也没有界定过他在我心里的位置。我奉行的一向都是顺其自然。

直到有一个周末，他又在微信上和我约饭。我躺在床上拖着调给他发语音：“老林哪，不行啊，我把脚给崴了，过两天我们再去吃吧。”

我刚发过去他就给我打来电话，问我怎么回事。我就声情并茂地

和他描述了一下我崴脚的过程："林尴尬，你都不知道我有多厉害！我卫生间的电源插口不是在天花板上嘛，昨天晚上洗澡的时候发现插头松了，可是我又够不着那个插口，我就站在马桶水箱的盖子上把它弄好了。下来的时候不小心踩空了。"我带着一种"不愧是我"的莫名骄傲给他描述细节，因为那个水箱的盖子又小又滑，一般人都不会想到站到上面去。而且我的脚也只是隐隐作痛，崴得并不厉害。我刚崴了之后还在好友群里绘声绘色地给她们讲了一遍，她们一边笑一边夸我厉害，嘱咐我这两天歇着少走些路。我本来以为林尴尬也会夸我，或者嘲笑我，结果我刚说完等着他发表意见他就"啪"地挂了电话。我以为他有急事，就在微信上问他怎么了，等了两三分钟还没有回信。过了十几分钟，林尴尬又打来电话，语气沉沉地叫我开门。我：？

我在睡衣外面随便套了一个外套就去开门，一头雾水地问他怎么了。他似乎刚洗漱完，头发微湿，一脸不快地看着我，这表情让我想起我们第一次见面他对我又不满又嫌弃的模样。我笑了，坐他身边问："怎么了？"

他脸色缓和了些，"你的脚怎么样，用不用去医院？"明明是关心我，语气却硬邦邦的。

我有些感动，又想笑他小题大做："没事啊，就是有一点点疼，没伤到骨头，你过来就是为了这个呀？"

他没说话，视线盯着我的脚，突然俯下身抓住了我的脚踝。他整个人蹲在我面前，握住我的脚踝左右转了转，语气寻常地问我："疼不疼？"

没听到我的回应，他抬起头似乎准备再问一遍，看到我瞪着他，于是讪讪地放下我的脚，有些尴尬地坐回沙发上。

我赶紧穿上拖鞋："不疼，没事。"

"哦，那没伤到骨头，"他不自在地移开视线，"这两天不要乱动。"

"嗯，"我胡乱应了一声，如坐针毡，装模作样地看了一眼手机，"都九点半啦，也不早了。"——你该走了。

他抿着唇，垂眼盯着茶几，并没有要走的意思。过了几秒，才开口："你为什么不叫我帮忙？"他看了我一眼，居然是很委屈的眼神，又飞快移开视线，低声说："我们离得这么近。"

他穿了一件灰色的毛衣，头发软塌塌的，额前还有一小撮呆毛翘着，微微弯着腰，像是受了委屈等人哄的孩子。

我心慌意乱地解释："我只是觉得这种小事我能行，我不想麻烦你呀，而且昨天也很晚了……"

他叹了口气，语气无奈："然后你就把脚崴了。你的事情，对我来说不是麻烦。"

我点头如捣蒜："嗯嗯嗯，我以后换灯泡、倒垃圾、煮方便面、刷锅都叫你过来。"

他弯了弯嘴角，终于冲我笑了一下。

然后我就赶紧让他走了。

他走了之后，我第一次认真地审视我们之间的关系。虽然已经是吃了很多顿饭的交情，但我们之间没有过任何肢体接触，而且我特别不喜欢别人碰我，所以他握住我脚踝时我的第一反应是惊惧。我突然意识到他是个男生，而我却对他毫无防备。我的第二反应是他应该不是那样的人。可我只是把他当成普通朋友吗？如果换成其他男性朋友，压根不可能对我做这种事，如果敢，我早就一脚踹过去了。可是他那样做，我也并没有被冒犯的感觉，所以我们现在是在暧昧？

一旦接受了这样的设定，仿佛豁然开朗。

我后来给他打语音，他总是很不耐烦的语气：“你够了！你再给我打这种电话我就打 110 告你骚扰！”

我就感慨：“男人啊，当面一套背后一套。”我打语音和他说的是：“老林啊，我垃圾桶满了，你有时间吗，过来帮我倒一下吧，这种危险的事情我不敢做。”“老林啊，我刚吃完饭，你过来给我刷一下碗吧，水太凉了，我承受不了，反正我的事情不算麻烦。”“老林啊，我的地板好脏呀，你什么时候过来给我拖一下，要是我再崴了脚怎么办？”

林“湘玉”：“我错了，我从一开始就不该和这个女人说话，如果我没有和她说话就不会沦落到这么可怜的地步……”

哈哈哈……

好像都是一些琐碎小事，可想起来心底总是温暖欢喜。

有一天晚上小区停电了，我手机也马上电量耗尽，刚好在和他聊天，就告诉了他一声，免得他以为我发生了什么事突然不理他。

手机自动关机后我就打开电脑，拿出薯片、辣条和可乐，盘腿坐在沙发上，怀着兴奋的心情打开了一部之前下载好一直没看的恐怖片——舍友用生命给我安利的《伽椰子》。但看完我觉得有些失望，不过你能指望半夜上厕所一定要叫上你的人推荐的恐怖片多好看呢？

我看了不到一半就有些意兴阑珊，正在走神时，门铃响了，《伽椰子》不恐怖，看《伽椰子》响起的门铃声才恐怖！我抓了一把水果刀，颤颤巍巍又努力粗声粗气地问：“谁？”

“我，别怕！”

林尴尬，你自己说你是不是有点欠打？你别觉得停电送个蜡烛我就会感动，我告诉你，没有！小题大做！我怕停电吗？我高中怕班主任大学怕点名毕业后怕再遇见你，后来再遇见你之后就什么都不怕了！幼稚！多大了还送蜡烛！

我气势汹汹地开了门，就看到林尴尬站在门口，右手举着开着手电筒的手机，左手拎着一大袋东西，殷殷地看着我：“你是不是还没有吃饭？”

我闻到了小吃街上皮蛋瘦肉粥和鸡架骨的味道，心里有烟花炸开。我听到有个声音说：完了完了，你卜凡的任务失败了，你和胡歌的缘分尽了。林尴尬，某年某月某日某时，我家停电了，你来找我，吓了我一跳。我本来很生气，然后我看到你，发现你的眼里有星河万里，我喜欢你。

林尴尬贤妻良母般地摆弄吃食，这种气氛下我应该说点什么呢？房间里突然响起骤然提高音量的恐怖音效，林尴尬正在掀粥的盖子，手一抖，我酝酿良久，脱口而出：“别把粥洒了。”

林尴尬惨白着脸，“什么声音？”

“我在看恐怖片啊。”

“大半夜停电了，你一个人，在看恐怖片？”林尴尬露出难以置

信的表情。

那我还能干吗，又没网又没电的。

然后林尴尬就陪我看完了无聊的恐怖片。待了两个小时，才终于来电。

林尴尬看着我："那我走了。"

"走吧。"

林尴尬走了两步，握着门把手："外面有点黑。"

我还能怎么办，这样千载难逢的机会，我当然要抓住好好地嘲笑他呀。我真没想到林尴尬这么一个一米八几的大个子居然看不了恐怖片！我在他苍白无力的解释中拍着他的肩膀说："没关系，大哥送你。"他假意推辞了几番，最后勉为其难（欣然）地接受了。

我们两家也就十来分钟的路程，路上我一直歪头看着他笑，他转过头不理我，后来终于忍不住恼羞成怒地问我："你笑什么？我没有害怕！"

他那个表情就像我家小猫被我抢了小鱼干的样子，又不服气又想咬你可又知道咬了就更没有小鱼干了。哈哈哈……

我凑到他面前逗他："那你就是想让我陪你！"

他低头气呼呼地看着我，咬牙切齿地说："是，我就是想让你陪我！"

我也不知道当时我怎么就说出了那样的话，我觉得是他勾引我闹的！反正，等我反应过来时他已经紧紧地握住我的手了，虽然是我先主动地把手塞在了他的手里，而且我还挺有成就感；分开的时候，也是我不由分说就伸手摸人家的后脑勺，够不着还要踮起脚，学小时候姥姥在我受到惊吓时胡噜着我的脑袋念叨：摸摸头，吓不着。

林尴尬的耳垂迅速染红，眼神飘忽地对我说：“回去微信上告诉我一声。”

回家后，我好好反省了一下自己的行为。首先，我不应该这么主动，仙女要矜持！其次，我爸真的太过分了，他对我的教育有问题，让我有一种先下手为强，后下手遭殃的土匪逻辑，总有我占了他的便宜好过他占我便宜的错误想法。最大的问题！林尴尬这个人太有心机了！特别懂得什么时候应该示弱，让你不知不觉就被他牵着鼻子走。

我的性格有些大大咧咧，好的一面是豁达通透，不会为难自己，也不会为难别人，坏的一面是有些时候会顾及不到他人的感受。

有段时间，工作室接了额外的业务，大家一个星期都在加班。我和林尴尬说了一声，就没有再管他，好几天都没有见他。好不容易挨到周末，我本来打算昏天黑地地睡上一觉，结果一大早就被他的电话吵醒。接通后迷迷糊糊地听到他叫了一声我的名字，我应了一声，嘟哝着问他怎么了。他也不说话，我都快要再睡过去了，就听到他一阵撕心裂肺的咳嗽声，当即就清醒了，着急地问他怎么了，他轻描淡写地说感冒了。我又问：“怎么这么厉害，吃药了吗？”

他还是十分寻常的语气：“我现在在医院输液。”

我几乎是立刻坐起来穿衣服：“就你一个人？在哪个医院？我去陪你。”

赶到医院之后，就见他一个人坐在医院椅子上打点滴。周围的病人都有人陪着，家长哄着哭闹的小孩，男生照顾生病的女朋友，只有他是一个人。他穿着一件黑色的羽绒服，一个人坐在长椅上。我叫了一声他的名字，他抬起头看我，眼神亮晶晶的，弯着眼睛冲我笑，又委屈又开心的模样。我心中瞬间溢满心疼愧疚的酸涩感，几乎是立刻湿了眼眶，跑过去坐在他面前拉着他的胳膊问："你怎么不早告诉我呀？"

"你不是说你最近很忙？"他吸了吸鼻子，"哎呀，我没事，打个点滴而已，又没得什么绝症。你别哭啊，你干吗？"

我不是想哭，只是觉得自己很过分。我一直觉得爱情是锦上添花，而不是雪中送炭。我想要的爱情就是在我足够优秀的时候遇上一个同样很好的人，简简单单快快乐乐地谈个恋爱。我们两个人有时间就一起吃个饭，看个电影，我们工作忙就各忙各的互相理解。他工作的时候我不去烦他，我工作的时候他也不要来烦我。所以知道这个星期要加班的时候，我就告诉他这个星期不能一起吃饭了。他怕麻烦我，所以连生病都不告诉我。是我让他觉得我不想被他麻烦。

可如果是他的话，我怎么会觉得麻烦。爱情也不只是锦上添花，还是雪中送炭。我们之间不可能事事顺遂，但我不嫌麻烦，即便那几天我每天累得只想睡觉，我也乐意不睡觉陪他来医院打点滴。虽然也不算大事，但我就是想陪着他，就是看不得他一个人落寞的样子。易地而处，我也想他来陪我，哪怕我一个人也可以。

回家后我就认认真真地告诉他，以后有什么事情都要和我说，我有什么事情也会告诉你，我们互相麻烦互相扶持，同甘共苦共谋大业。

他喝着小米粥，很不高兴地说：“我可以，但你能不能不要在我只能喝小米粥的时候啃辣鸭脖？”

他病好之后我们去玩了一次密室逃脱。我本来是打算叫另外一位好朋友一起去，她很喜欢玩这种游戏。我还特别兴奋地选了一个恐怖指数最高的主题，结果林尴尬知道了之后特别不开心。他不是那种不搭理你一个人默默地不开心，而是你做什么他都要捣乱，在你面前晃来晃去让你也不开心。

他当着我的面吃了我朋友大老远给我寄过来的只剩下一个的鲜花饼，重点是他并不爱吃。我想掐死他，他梗着脖子气哼哼地问我：“你为什么不问一下我要不要去玩？”

我：？

“首先，林尴尬，这是昨天中午我就和你说了的事情，你可以昨天中午就问我，而不是非要憋到今天晚上还非要吃了我的鲜花饼。其次，你一个恐怖片都看不了的人你能玩吗？你不行啊！你自己心里没点数？！”

林尴尬：“首先，我行，我怎么不行了！我行！我都说了多少遍了我不害怕！其次，我不是非要吃你的鲜花饼，我也不想吃它，甜腻腻的难吃死了，我只是越想越气。我向你的鲜花饼道歉。”

我替我的鲜花饼不原谅他。

我带他去了。那家密室逃脱在我们那一带很有名，刚走进去就看到一面墙上挂满了密密麻麻的“认尿书”，都是通关失败的玩家签的。

我随便翻了翻，有一张“认㞞书”上写着：“损友害人不浅，某某某我要和你绝交！”还有的写着：“千万不要两个人玩，千万不要！后来人一定要听劝！”

林尴尬看起来倒是很镇定，就是眼睫毛一颤一颤的。

“你行不行，你想好了，到时候还有单独任务，我是绝对不会签认㞞书的！你要不行咱们现在就去看电影。”

林尴尬睁圆眼睛看着我，气呼呼的样子：“我行！”

然后我们就进去了。密室里几乎没有光源，放着恐怖的音效，还有扮鬼的工作人员出其不意地吼一嗓子，过来扯你的胳膊，或者从下面扯你的脚。林尴尬全程紧紧攥着我的手，大气也不敢出。我一边找线索一边安慰他：“别怕别怕，站我后面。”

最后到了单独任务的时候，林尴尬要去最外面的一间密室找一双绣花鞋，我要留在最里面的密室等他。整个密室都是恐怖音效和我的嘶吼声：“林尴尬，你别害怕，你拿上就回来，加油加油，林尴尬，你最棒！你特别厉害！鬼大哥，你不要吓他啊，你待会儿可以吓我！”真没想到玩个密室逃脱这么费嗓子。

等到我做任务的时候，鬼大哥一直挡在我面前，我就扒拉了一下他的头发：“好了，大哥，辛苦了辛苦了，让一让。”

哈哈哈，这是我认识他以来他第一次用钦佩的眼光看我。

从密室逃脱出来后，才发现下雪了。人的情绪好像很容易受到天气的影响。昏黄的灯光下，大雪飞扬，他的轮廓被勾勒得温柔美好，我突然想起一句话：树在，山在，大地在，岁月在，我在，你还想要怎样更好的世界？我觉得心里像有一个火锅，汩汩地冒着热气，氤氲出无限欢喜。我右手拿着一串糖葫芦，左手拍了拍他，示意他把头低下。林尴尬微微倾了倾身子，脸刚凑过来，我就踮起脚在他脸颊上亲了一下。从他漆黑的瞳孔里，我看到自己眉眼弯弯的模样，我听到自己底气十足地说："林尴尬，我们在一起吧。"

其实从我确定自己的心意后，就一直在等他和我表白，我以为我们是两情相悦。

我以为林尴尬也会像我一样眉眼弯弯地说："好啊。"

高中语文老师给我们讲解古文中词类活用现象时，总会说"反常必为妖"。如果我聪明一点，不，是如果我没那么蠢，就不会在第一次见面时对林尴尬惊诧不满的眼神置若罔闻。只要我再确定一下，就会发现认错了人。如果我没那么蠢，就不会在长久的暧昧中自以为占尽先机。只要我再仔细想一想，就会发现未必是他先心动，可是我就这么蠢。

我清晰地看到林尴尬眼中的慌乱和迟疑，他避开我的目光，嗫嚅着说："××，我还没有想好。"他又看着我："这是很重要的事，你也要想好。"

我早就想好了，没有想好的人是你。我心里的火锅像被人浇了一盆冰水，转瞬之间，温暖不复，冰凉刺骨。我真是个干大事的女人！我居然还能笑得出来。我笑着问他："你不喜欢我？"

"不是。"他否认。是"不是"，而不是"我喜欢你"。

"你还喜欢别人？"

“没有。”他很着急地否认。

“那你需要想什么？”我是真的好奇。

“我没有准备，我要好好想想，我才知道……”林尴尬没有说下去，我不知道他要表达什么意思，可能他自己也不知道。他甚至不敢看我。

我也不知道表白失败该说什么，只好说：“你没有想好那你就好好想想。我给你一个星期的时间，你想好给我答复。如果你也喜欢我，那我们就在一起，如果你不喜欢我或者你还没有想好，那你也跟我说一声，然后永远都不要再出现在我面前了。”

林尴尬居然还要送我，我推了他一把，我其实想踹他，可是大街上仙女要雅观，我走到他面前认真又凶狠地和他说：“你快滚吧，刚才是老子的初吻，如果你不和我在一起，以后真的不要再出现在我面前，否则我对你最后的善良就是不打脸。”

我回了家，只觉得很累。不知道该怎么描述那种心情，我好像并没有我想象中的那么伤心，只是觉得自己很可笑。我为什么会笃定他喜欢我呢？因为他一直在刻意给我营造这种错觉。

有一次，我们一起吃饭，中途接到好友的电话，挂了电话之后我心疼地和他抱怨：“怎么会有这样的傻姑娘，对一个不喜欢自己、看不到自己的好的人毫无保留，掏心掏肺？那个人是不是给她下了降头！”

他笑了一下，接着我的话茬：“小姑娘，你没有单相思过吗？”

我连肉都不吃了，放下筷子认真地告诉他：“没有。”我和他说起上一段感情史，我大学的时候喜欢一个学长，可是太迟了，喜欢上他的时候他已经准备出国了。我在喜欢他的时候就知道，可还是控制不了自己。他的态度一直若即若离。后来放寒假，回家过年，我在家里被姥姥一天好几顿地喂，每天还要翻牌子似的出去和不同的老友厮混，每天都过得很开心，没过多久就把他抛到脑后了，他什么时候走的我都不知道。

他听完咋舌："你真的喜欢他？"

我告诉他，我真的喜欢那个学长，我不喜欢抱着手机在微信上聊天，但我会和他在微信上聊得笑起来像个傻子，我会因为他失落或者欢喜，如果他也喜欢我，和我表白，我愿意和他异国恋而且我一定可以坚持下去。可是他没有，他对我若即若离，让我患得患失。我可以等待，但在一段没有回应的感情里，三个月就是我的极限，我喜欢了他三个月，对自己也算有了一个交代，然后就毫不费力地把他放下了。

林尴尬听完后不置可否，我趁机问他："那你呢？你有很喜欢的人吗？"

他轻描淡写地说起上一段也是唯一一段恋爱。他的初恋女友是他的大学同学，大三在一起，毕业后对方出了国，一年异国恋之后感情淡了，她有了更好的选择，就分开了。

我问他："那你还喜欢她吗？"

他坦荡地看着我："早就不喜欢了。"他话锋一转："那你和那个学长后来还有联系吗？"

我认真想了想："还有过两次，一次是他找我做广告，我那时在

运营一个公众号，还有一次是过年的时候他祝我过年快乐，一看就是群发信息。我也回他，过年快乐，他就没理我了。”

林尴尬表情和语气都很平静：“记性真好，记不得我的电话，记这些细枝末节的事情倒是记得很清楚。”

“我就是记数字不行，记这些没用的东西就记得很牢，”我还顺着他的话说了句，反应过来后才语无伦次地解释，“没有，我没有专门记。”

“哦，不专门记都记得这么清楚。”

“我记你的事情也记得特别清楚！你看啊，我们第一次见面的时候……”

从始至终，他没有说过他喜欢我，也没有说过他吃醋了，就连我去医院陪他，他也没有说“我想让你来陪我”。他只是让我知道他一个人在医院打点滴，然后我就急吼吼地赶过去了。是我一厢情愿地以为，他需要我，他喜欢我，他在吃醋，他想让我陪他。

他是喜欢我的，我不需要向任何人求证，我可以感觉得到，但就像我对那个学长的喜欢，到最后我都没有说出口，不是因为我不够勇敢，而是因为我对他的喜欢太浅薄，并不足以支撑我说出口。就像林尴尬对我的喜欢，只够保持暧昧，并不足以让他和我在一起；就像我对林尴尬的喜欢，只足以支撑我将心意宣之于口，却不足以支撑我在发现我对他的喜欢远远超过他对我的喜欢后依旧毫无保留地喜欢他。

可是我真的好喜欢他呀，我第一次如此郑重而认真地喜欢一个人。哪怕我因为他的犹豫迟疑，失望、伤心、愤怒、不安，我还是想给我们一次机会。

所以，林尴尬，我把决定权交给你，七天之后，如果你也喜欢我，我们就高高兴兴地在一起；如果你拒绝我，我们就体体面面地老死不相往来，证明你只是我和胡歌爱情路上的绊脚石。

只要我自己想清楚，事情就变得很简单。

反正，我不怕失去你，也不怕深爱你。

第二天，我开始陆陆续续地打电话给好朋友们汇报我和林尴尬的最新进展，着重渲染了我表白被拒后伤心失落、怀疑自己怀疑人生的心情。她们有的和我义愤填膺地指责：林尴尬这个渣男！玩弄仙女的感情会有报应的！有的温柔劝解：他可能是瞎了，你最好看你最可爱你最……你可是胡歌老婆！末了都很上道地表示：放心吧，良品铺子、三只松鼠两三天就到。——我是这样的人吗？我是想要吃的吗！我是伤心难过！我马上严肃郑重地告诉她们，这一次我可比上一次喜欢那个学长的时候伤心多了，所以你们寄的东西也要比上一次多！

我们老板包括工作室的同事也都知道我和林尴尬走得近，但是还没有在一起，平日里经常拿我俩调侃。那天有个工作上的问题，老板从她的办公室探出头叫我：“弟妹，过来一下。”

我过去之后解决了问题，坐在椅子上一本正经地和她说：“哎，以后别叫我弟妹了，我们两个可能只有做老板和员工的缘分。”

老板一副“林尴尬怎么回事，煮熟的鸭子都能让飞了？”的模样：“你俩怎么了？”

我就把事情简单说了一下。这大概是我被拒绝后的第三天——他还真的三天没有联系我。我等得有些心焦，就想从老板这里“曲线救国”，虽然老板很有可能什么都不知道。

老板咋咋呼呼地骂了林尴尬几句，我叹了口气，和她抱怨：“也不知道他到底要想什么，喜欢就是喜欢，不喜欢就是不喜欢啊。”

老板欲言又止地看着我。

我心里咯噔了一下，直觉是我并不想知道的事，脸上仍挂着笑：“想说什么就说！”

她斟酌了一下，说得小心翼翼：“他那个前女友你知道吧，当初闹得挺不愉快的。本来都准备订婚了，林尴尬带着戒指飞过去看她，结果发现人家劈腿了。这个事情对他打击其实挺大的。他怎么对你我们都看在眼里，只是他毕竟比你大四岁，你可能只是想谈一场恋爱，而他是要找以后能结婚、共度一生的人。”

我愣在那里，共度一生，是这样吗？所以，他是觉得，我不能是那个人？

我笑了笑，插科打诨：“可是他也不能欺骗我 21 世纪青春美少女的感情呀，你作为他的亲姐姐，是不是要负责？什么都别说了，给我涨工资我就原谅你！”

老板：“小姑娘在这儿等着我呢！我宣布从现在开始，我和渣男林尴尬断绝姐弟关系！”

我向她竖起大拇指，狠人，为了不给我涨工资！厉害！

下班回家后我蹲在小阳台给好朋友打电话，电话接通听到她声音的那一瞬间，我哭出了声。

我以为他生性冷淡，我已经是他的例外，所以我不逼他，自己委委屈屈地等他给一个答复。可原来不是，他也有坚定不移想要在一起的人，他也有像我一样炙热无悔喜欢的人，只不过那个人不是我而已。那我在他心里到底是一个什么样的角色？可有可无，聊胜于无？那为什么还要过来撩拨我呢？别人捅了你一刀，你就可以随便找一个无辜的人捅她一刀吗？我又做错了什么？如果他还不能接受另一段亲密关系，又何必把我拉下水？

我哭着问好友，是不是我不够好？她说：我喜欢你本来就不是因为你有多好。只是因为你是你。

在老板说那番话之前，我的情绪调节得很好，甚至没有多少难过。我沾沾自喜，以为自己豁达通透，是干大事的人。直到现在，我蹲在地上握着手机泣不成声的时候才终于肯承认，林尴尬已经影响我至此。我之前的冷静淡然源于我对他的了解，哪怕他犹豫迟疑，我也觉得他不是那样的人。他是真的对我好，他不会伤害我。就像成绩不是顶尖却也足够优秀的学生，即便对结果不能稳操胜券也有足够的信心。可是现在我才明白，他之所以犹豫迟疑是因为他所有的坚定炙热已经给了别人，没办法再给我了。

可是，我又做错了什么？我要怎么继续喜欢一个没有那么喜欢我的人呢？我可能等不到七天之后了，我可能，现在就要放弃了。

好友说她第二天就来看我，于是我干脆和老板调休了两日，第二天和她会面后直接去了附近的古城。和好朋友在一起是真的治愈，前

天晚上还呜呜呜，第二天一见面就二傻子似的哈哈哈。

因为是淡季，古城的游客并不多。我们在古城住了一夜，白天就漫无目的地在砖石路上晃荡，随便扎进路边的特色小店，挑几副耳坠，出来后晕头转向，要根据旁边糯玉米的香味判断刚才有没有来过，整个人自在悠闲。我每次遇上很棘手又烦心的事情，就喜欢约着好友来古城转一圈，转完之后就满血复活。

第二天上午我们回去了，中午还一起吃了一顿很好吃的肉蟹煲。我和好友说："我希望我能瘦两斤，我看别人失恋能瘦十来斤！"

好友说："你也不要抱太大希望，毕竟别人失恋之后没有挨个打电话叫好朋友买好吃的。"

我：？

晚上我堂哥开车来接我和他女朋友一起吃了个饭。他从我家那边开车到我工作的城市找他女朋友，我妈让他给我捎了些东西。我在朋友圈发了一条仅林尴尬可见的照片，是一张我把头靠在堂哥肩上，笑得很开心的照片，照片还是我嫂子拍的。

这是我和他约定的第五天，他依旧没有理我。我想，如果他看到这张照片还能无动于衷的话，我实在没有必要再等下去了。我很好，有很多人喜欢我，我还有好多事情要做，为什么非要在一棵歪脖子树上吊死呢？而且，我居然还为了他做这么幼稚的事情，我对自己都嗤之以鼻了，真受不了！我要赶紧解脱！

吃完饭之后堂哥和他女朋友到我的出租屋坐了一会儿。我堂哥处女座，刚进门就惊呆了，在小厨房一边洗着我两天没洗的碗（是因为我去古城没来得及洗，绝对不是因为我懒）一边痛心疾首地说：“这可怎么办，以后嫁不出去可怎么办？我要跟你爸说一下现在就得给你攒嫁妆，嫁妆少了绝对嫁不出去！”

我：？

我嫂子和我躺在床上一边嗑瓜子一边追综艺，嗑了一地瓜子皮。我本来准备把小厨房的垃圾桶拿过来，她说：“没事，待会儿让他扫，不给他点活儿干他就叨叨个没完。烦人。”

我：？

可能这就是百因必有果，你的报应就是我。

然后，我就接到了林尴尬的电话。我第一次发现我居然这么没出息，刚看到他的电话就把嘴咧到了耳后根。他电话里特别冷淡地问我在哪里，我连自己的语调都控制不住，尾音上扬地回他，在家呀。他说：“我在你家门口。”我就蹦着去开门了。我就说嘛，他怎么可能不喜欢我。

我一开门，就看到林尴尬拉着一张我欠了他五百万的脸，一言不发就往里走。我赶紧拉住他，挡在房门之前笑盈盈地问他：“你怎么来了？”

他的脸色陡然变成了我欠他一千万：“屋里有人？”他顿了顿，语气阴沉，“就是你朋友圈里的那个男的？”

我笑望着他不说话，原来你也会嫉妒啊。

“你去古城也是和他一起去的？”

哟，厉害了，连我去古城都知道。

他沉沉地看着我，突然嗤笑了一声：“你知道我为什么不答应你？”

还能为什么，我有些生气，不自觉地提高音量：“因为你没那么喜欢我！”

“我没那么喜欢你？我没那么喜欢你我每天来找你，我巴巴地求你跟我吃饭？我没那么喜欢你上赶着对你好我犯贱吗我？”

哼，你非要和我吃饭是因为看我吃饭下饭，是你自己说的。你喜欢我了不起啊，你喜欢我就可以吼我吗？我瞪着他，语气也很凶，“那是为什么？”

我看你狗嘴里能吐出什么象牙！

他冷冷地看着我，“因为你幼稚！你对我的喜欢就是一时兴起，你什么都不懂！我不相信你，你带他来你家是要怎么样？你敢怎么样？你怎么这么幼稚！”

果然狗嘴里就是吐不出象牙！他怎么那么厉害，我那天哭得上气不接下气时，心想，你以后还能做什么事情，让我比现在还伤心呢？原来，我还可以更伤心。之前的窃喜烟消云散，我迟缓地眨了眨眼，内心一片荒芜。我看着他，遗憾地想，如果人心不隔着肚皮就好了，你就可以知道我真的特别喜欢你。不是一时兴起，是心之所向，是一往情深。还好人心隔肚皮，否则从一开始我就知道我珍之重之的际遇和感情在你眼里一文不值。你不仅没那么喜欢我，你还蔑视我的感情。那我还能怎么办呢？

我只能用指甲狠狠地掐着手心，尽量装得没那么在意，疲惫地说：“我知道了，你可以滚了。”我终于可以放下了。

我转身准备进屋，被林尴尬攥住了手腕，“不管你和他是什么关系，你现在让他走，以后不要再和他来往，我们好好在一起，好不好？”

我一言难尽地看着他，这是什么神转折？

他眼尾有些红，眼神哀切，语气像是在乞求：“是你说你喜欢我，要和我在一起，那你就好好喜欢我一个人。”

所以，林尴尬，你是在害怕吗？

他用力捏了一下我的手腕，“说话！”

你也会害怕？所以，你只是害怕？不是不喜欢我？原来喜欢能让人变得那么残忍，我居然生出一种快意，那些我曾经历过的失望、悲哀、不安我希望你也尝一下，这样才公平。我看着他的眼睛，狠着心：“不能，因为他认识我的时间比你长，他比你重要，比你对我好，比你喜欢我。”

他现在已经是我欠他两千万的表情了，而且眼神在控诉：“你这个渣女！朝三暮四，朝秦暮楚，我真想咬死你。”

我认输，我看不得他委屈伤心像被人遗弃的模样，简直就是伤敌八百，自损一千。这人怎么该当真的不当真，不该当真的乱当真。我正准备解释，堂哥从里面拉开门，探出个脑袋。

接下来我有幸欣赏了两位变脸艺术家的表演。我哥看到门外的两个人先是一怔继而露出居然有猪愿意拱我家白菜的欣慰，正想调侃两句就看到了林尴尬陈萍萍一样和善的眼神，然后他发觉事情并不简单，目光下移又看到林尴尬紧紧攥着我的手腕，我推他都不放，于是瞪着眼睛把我往他身边拉："你谁啊，放开我妹！"然后我就看到林尴尬这位变脸艺术家的眼神在听到"我妹"两个字后从陈萍萍的状态努力转回社会好青年的模样。

我赶紧介绍："我堂哥。"

林尴尬非常努力地挤出一个极尽友好甚至带着一点谄媚的笑，然后在我哥的审视下放开了我的手腕。

真的有点疼，我哥面无表情地看了他一眼，问我："他谁呀？"

我伸手牵住他的手，仍旧有些委屈，"你自己说。"

林尴尬紧紧握住我的手，语气庄严肃穆："我是她男朋友。"

我哥看着我："你是不是逼人家了？大可不必，妹子！"

我：？

然后我们就进了屋，我哥端着家长的架子和林尴尬尬聊了一会儿。双方友好会谈到了尾声时，嫂子问了一句："你俩是怎么认识的？"

林尴尬转过头，眼神微妙地看着我，我赶紧抢答："他是我老板的弟弟！"我绝对不能让第四个人知道我做过什么蠢事。

嫂子："我就随便问问，你怎么还一惊一乍的？"

又聊了一会儿，堂哥和嫂子就要走。我和林尴尬把他们送到电梯口。我哥和我说："别送了，回去吧，好好吃饭，没钱了和我说。"

我点点头，林尴尬也和他们道别："路上开车慢点。"

我哥一愣，眉头一皱，语气都变了："这么晚了你不走？一起走呗！"

林尴尬恍然大悟状："啊，是，我也正准备走，我和你们一起走。"哈哈哈哈哈哈，林尴尬翘起来的呆毛都写着"我太难了"。

我回屋切开了一个柚子，剥得乱七八糟，刚吃了一瓣，又接到林尴尬的电话，"快开门。"

这人真会掐点，来了就有剥好的柚子吃，肯定还要一边吃一边嘲笑我剥得不好。我趿拉着拖鞋去给他开门，还未将他看清便落入他一身寒气的怀抱。他抱了我一会儿，轻轻在我唇上啄了一下，眉眼含着欢喜和温柔："我确定一下，我们是在一起了吧？"

我回抱住他，笑语道："是。"

哪有人先亲然后再确定的，我看你就是想占我便宜。

我见青山多妩媚，料青山见我应如是。

一些生活片段：

有一次谈论起喜欢的明星，我问他："你最喜欢谁？"

他想了想："没有特别喜欢的，有一个特别讨厌的。"

"你讨厌谁啊？"

他憋着笑："我讨厌胡歌，讨厌死了。"

我抓着他的肩膀摇他："你怎么可以讨厌胡歌！"

他："还不是因为他的某些粉丝特别不道德，有了男朋友还惦记着他，吃着碗里的看着锅里的。"

“那你讨厌我！不要讨厌他！”

“粉丝行为，偶像买单。”

我：?

胡歌：?

然后他又狗言狗语：“你看你的喜欢给胡歌带来了什么？带来了我对他的讨厌。喜欢胡歌的人那么多，你的喜欢对他来说微不足道，但是讨厌他的人很少，我的讨厌比你的喜欢分量更重。如果你是真的爱他就应该做出一点牺牲，为了让他少一个人讨厌你以后不要再喜欢他了。”

我：?

听起来不对但又无法反驳，说不出话来好着急。

他摸着我的头，诱拐小朋友似的：“没理了吧，没话说了吧，乖，听话的孩子有肉吃。”

大概我下凡就是为了体验对胡歌的爱而不得和林尴尬的狗。

我不胖，但脸上肉很多，某个角度看还有双下巴，林尴尬很喜欢挼我脸上的肉。有一次我瘫在沙发上一边吃薯片一边看电视，他坐在旁边捏我的脸，搞得我都不能好好吃薯片。我又想起早上照镜子的时候感觉自己脸又胖了，好像粉底液和水乳都用得快了，越想越气，于是就很用力地打开了他的手，吼他：“以后不许再捏我的脸，我的脸都被你捏胖了！”

事发突然，林尴尬一脸不可置信地看了看自己被打红的手，又看了看我的脸，然后伸出食指颤颤巍巍地指着我："你丧不丧良心，你说这话对得起那些被你吃掉的鸡鸭鹅、猪牛羊吗？你那是吃胖的！不是我捏胖的！"

我打死你！我没有吃鹅！我没有吃鹅！

有段时间发生了一件不好的事，我们身边有对小情侣本来已经准备结婚了，结果男方家长拿着两人的生辰八字悄悄找大师算了一卦，算出来两人相冲，最后就因为这个闹掰了。

有一次吃饭的时候我问他："你为什么喜欢我呀？"

本来只是随口一问，想听听他没有灵魂的彩虹屁，结果他突然正色，意味深长地说："因为你有福气。"

我被他的态度感染，突然就想到了之前那个事，于是半是调侃地问他："你是拿着我的生辰八字找大师算了吗？怎么样？我旺不旺夫？"

他睨着我，一本正经地说："林大师算过了，没有比你更旺的了，老人说懒人有懒福，傻人有傻福，能吃是福，你那么懒又那么傻还那么能吃，谁能有你旺！"

我打人不疼是吗？

林尴尬以后大概会出一本"狗言狗语"书吧。

FONGHONG
凤凰联动出品